鎌倉夢幻

杉本晴子

冬花社

目次

装画　小山悦子
装幀　安彦勝博

鎌倉夢幻

第一章

三月に入ったばかりの静かな午後だった。

窓からはなだらかな稜線を持つ鎌倉の山並みが見渡せる。

褐色の裸木も冬の間の鋭さを失い、かすかな風にも微妙にゆらぐ柔軟さが取り戻されている。

石山了は窓辺に座って、小一時間も煙草をふかしていた。

隣家の屋根のあたりは、おさえこまれた湿気が冬の名残りの薄い被膜を破って、陽炎のように立ちのぼっている。

数年ほど前に、ふらりと鎌倉を訪れた折りに、扇ヶ谷の山裾に蹲《うずくま》るように建っていたこの古家に出会ったのだった。

多忙で煩わしい日常を週末だけでも逃れて、こんな場所で暫しの休息を得られたらよいのにという考えが浮かんだ。

不動産屋の立看板の連絡先に電話を入れたい誘惑にもかられたが、実際には、借りることが出来る金や時間の余裕があるはずもなかった。たんなる願望でしかなかった。

その願いを叶えたのは、定年後のことだ。

高度経済成長の波に乗せられてひたすら働き続けていた頃、ストレスと酒の飲み過ぎで一ヵ月ほど入院したことがある。

疲れきった体を病院のベッドに横たえているのが、ほかの誰でもない自分自身なのだと悟った時の情けなさは言いようもなかった。

たしかに日本は国際的な地位も得られ、豊かさも手に入れた。石山もその恩恵を受けてきた。だが病床に横たわった目には別のものが見えてきた。頑張ってきた己への矜《ほこ》りと自信とは裏腹の、常になにかに苛立っている自分。両の掌からなにか大切なものを取りこぼしてしまったような焦燥感と虚しさ。そうしたものに否応なく向き合わされたのだった。

第一章

そんな時ふと、子供時代に二年ほど住んだ鎌倉の町が浮かんできた。学生の頃も好きで一度ならず訪れた町だった。

谷戸の小路、樹間を渡る風、寺社の奥深さ。

今ではどこの町も個性を失って似通ってしまったが、あの町にはまだ独特の空気や佇まいが残っているのではないだろうか。

望郷の念にも似た思いが湧いて、病いが癒えたらすぐにも訪れたいものだと考えた。

だが、現実は退院と同時に、再び多忙な日々へと飲みこまれていったのだった。

定年を迎えた年に、工学部に在籍していた息子が突然、ジャマイカに行くと切り出した。その国の音楽に虜になったと告げたのだ。

妻はそのことを嘆き、口には出さなかったが家族を顧みずに仕事ばかりしていた夫を暗に責める眼差しを送ってきた。

「成人した子供の人生は彼自身のものだ」

本心でもあったが、妻を宥《なだ》めるつもりの言葉でもあった。

「この社会が息苦しい。もっと別の生き方を探したい」

息子のいい方には、経済効率ばかりを優先させて、目の色を変えて働き続けた父親やその世相へのあきらかな反撥がこめられていた。

経済的にも頭脳的にも恵まれた彼は、そんな状況そのものに倦んだように、若い感性に訴えかけてきた他国の音楽に魅せられてしまった様子だった。

「繁栄がもたらした毒が日本人を醜くした。僕はもっと別の豊かさを求めていきたい」

そんな言葉を残して、彼は遠くへ旅立っていってしまった。

本当はもっと別の、例えば、

「おやじ達が必死で働いてきたことで、なにを得ることが出来たのか。失ったものの方が多かったのではないか」

との問いをぶつけたかったのかもしれない。

だが、さすがにそこまで言葉にするのは、親父の人生を否定してしまうことになると、多少遠慮した節もある。

「なに生意気言ってるんだ。誰のおかげで大学院までいかせてもらったのだ……」

という怒りに近い無念さが、石山の胸に生じたのは確かだった。

一方で、現代の人工的な空間や追い立てられるように移り変わっていく時間の流れに、息苦しくなる気持ちも察することは出来た。それ故に正面切っての反論はしにくかった。

第一章

石山自身もずっと、組織の中の一つの歯車として追い立てられるように仕事をしてきた。その息苦しさから逃れたいと思ったことは何度もあったが、どうにか頑張って乗り越えてきた。そんな自負と同時に、自分自身に正直に生きてきたわけではないという慚愧の念も合わせ持っていた。もっと好きな道を選択出来る余地はなかったのかと……。

自分の気持ちに忠実に生きられる時代が羨ましくもあり、認めてやるべきだとも考えた。

しかし、手塩にかけて育て上げた母親にとっては、そう簡単に飲みこめない成り行きだったに違いなかった。

今更取り返しはつかないが、そうした妻の心情に夫としてもっと身を添わせるべきだったのかもしれないが、仕事に忙殺されて、思いやる配慮に欠けていた。

「息子をやすやすと手放す父親なんて、あまりにも無責任よ」

と妻は夫を責めるようになった。

「仕方ないだろう。人は生きたいようにしか生きないものなのだ」

自分の人生とは真逆のような言葉で、妻を慰めもした。

だがやがて、思いもかけない話を切り出されたのだった。

「これを機会に、私も失礼させていただきます。子供が自立した時には別れようと、以前から決めていましたので」

呆気にとられながらも、

「おいおい、俺がいるじゃないか」

と冗談として受け流そうとした。

けれど彼女は決然としていた。

「いいえ、あなたに私など必要ありません。いつも仕事、仕事でしたもの」

「もうすぐ定年だ。これからはいつも一緒だ。旅行もしよう」

「殿方はみんなそうおっしゃるそうです。でも、遅すぎることもあるのですよ」

二の句をつぐことさえ出来なかった。

「女は、我慢、我慢の果てに、こうと決めたら決して後ろを振り返らないのです。いくらでも気づくチャンスはあったはずなのに、あなたが疎すぎただけ。もうすべて、時遅しです」

言葉通り、なんの未練も残さずに、あっさりと出ていった。

第一章

あれから一年ほどの月日が流れ去った。

煙草に火をつけた。自分の健康や家族に気を配る必要もなくなった。俺はもう終わった人間だからと、心の片隅で思っていた。

古家の窓から、向かいの家の白壁を背景に白梅がほころんでいるのが眺められる。花は少し黄みがかった天然の白さを見せ、目を剝くような人工の白壁に負けまいと健気に咲き揃っている。

最近目にした一首が浮かんできた。

かろうじてたどりつきたるこの街の仮の棲家に梅のほころぶ
角宮　悦子

石山はつと立ちあがると庭に出た。慎ましやかな香りが忍び寄ってきた。

梅の花を美しいと思い、好もしいと感じるようになったのは、この地で過ごすようになってからだ。

それまでの日々は花などに気を取られる心の余裕もなかった。

こんなにも花や路傍の草木や小さな昆虫にまでいとおしさを感じるのは、年のせいなのか。

或いは、それほど強く意識していないつもりでも、失ったものの大きさからくる落莫感からなのか。

梅の前作に続いて、同じ作者の歌が浮かんできた。

少しづつ泥壁くづし木枯しが吹いてゐたのだ　家族はいない

あの東京のマンションでの暮らし。

ローンで買い求め、家族三人の未来への夢を育んでくれる棲家のはずだった。

だが内側から壁は崩れはじめ、気づいた時にはもう誰もいなくなっていた。

妻との別れは本当にある日、突然やってきたのだ。石山にとってはそうとしかいいようがない感覚だった。

だが妻に言わせるとそうではなかった。

「私はこの日のために準備していました。駅前に借りた部屋も、手芸教室のためだけで

第一章

はなく、いずれは住まいにと……」

梅の木の隣の椿の枝から、赤い花が音を立てて落ちた。

黒土の上で大輪の花の色が鮮やかだった。

椿の花は首からぽとりと落ちるといって嫌う人もいるが、咲いている時の姿のままでいさぎよく落ち、落ちた後までも生々しく存在を誇示するありようが嫌いではない。

妻はもともと自立した人間だった。人に教えるだけの高い技術を持ち、教室を開いたり、展示即売会をしたりして収入を得ていた。

互いに仕事を持ち、互いの生き方を尊重しようという暗黙の了解のもとに暮らしていたつもりだった。迂闊といえばいえるだろう。

腰を屈めて、椿の花をいとおしむように拾い上げて掌に載せた。

ひんやりとはしているが、思いのほか豊かな量感を伝えてくる。

人の世でも同じことは間々、起こる。

いるべき人間が突如落ちて散り、歳月だけが流れる雲のように行き過ぎる。

居たたまれない寂寥感がやってきた。石山は腰をあげると家の中へと取って返した。

人生とは皮肉なものだ。仕事に追われ、家族の煩わしさに悩まされ、いっときの安息を求めてこの古家を借りたいと、最初は思ったものだった。

だが、実際にこの家を手に入れたのは、退職して仕事もなくなり、家族も失ってからのことだった。ただ区切りもなく流れていく時間に身を任せるだけの今となっては……。

なんのための家だったのか。

揺り椅子に座り、読み止しの本に目を落とした。

身すぎ世すぎは面倒で
運天まかせの暢気者
袋に三升米があり
炉辺に薪の一束あれば
迷いも悟りもなんのその
名誉も金もみれんなし
草の庵に夜の雨
中で大の字この自由

良寛の詩がいくばくかの慰めを与えてはくれるが、こんな心境とはほど遠い自分を顧みれば、本を手にして座っているだけの居心地の悪さが突き上げてくる。

春がすぐそこまで来ている町を、思う存分歩いてみたくなった。

ただ無聊を託つだけでは能がなさすぎる。

石山は勢いをつけて立ちあがった。

マフラーを首に巻き、押入れから学生時代に使いこんだ古いキャメラを取り出した。

レンズを覗き、空のシャッターを押した。その音に誘発されて、写真をもう一度やりたいという気持ちが膨れあがってくる。こんな思いになったのは何十年ぶりだろう……。

働きづめだった年月に見失ってしまったもの、家族の離散でぽっかりあいた心の空洞を埋めるには、青春時代に打ちこんだ写真しかないのかもしれない……。

そんな思いを抱えてキャメラを手に、外に出た。行先の当てはなかった。

足の赴くままに歩くしかないのが、これからの俺の残された人生だろうか……。

第二章

雪柳や連翹が彩る坂道を下っていく。

春めいた日差しの明るさとは裏腹に、空気はまだ冷たかった。

セーターとマフラーで出てきたことを悔みながら空を仰ぐと、白い雲が浮かんでいる。この町で目にする雲は、端の方が繊細に感じられる。海が近いせいだろうか。

横須賀線の線路に沿って歩いていくと崖下に鎌倉武士の墓だった「やぐら」があり、そこに『十六夜日記』の作者、阿仏尼の石塔が埃にまみれて建っている。

誰にも顧みられず建っている姿は、年月とともに風化していくものの哀れを思わずにはいられない。

第二章

いつの時代でも、墓の問題は厄介だ。

現代でも、無縁仏になった墓を多く見かけるようになった。その光景は、石山にとって決して他人事とは思えなくなっている。

妻に去られ、他国から便り一つ寄こさない息子のことを考えれば、自分だけの墓を作ったところで無縁仏になるのが落ちだろう。

今のうちから共同墓地に入る手当てをしておくべきなのかもしれない。

鎌倉唯一の尼寺、英勝寺にさしかかると、土塀越しに差し出された梅の枝から、白い花びらが舞い落ちてきた。

早春に咲く梅が冬と春の架け橋だとすれば、白木蓮は本格的な春の訪れを告げる花だ。日毎に強まる光の中で、蕾は命の予兆を孕みながらふくらみ、やがて開花する。

それに続いて、この町の花暦が次々とめくられていく。

だがこの地には、谷《やつ》とか谷戸《やと》とか呼ばれる、台地や丘陵が浸食されてできた谷の底が四十数カ所もあり、その向きや形によって日照時間がずれ、開花の時期も微妙にずれていく。

鎌倉と北鎌倉の間のトンネルを境に、寒暖の差が二、三度あるからだ。

政子が建てた寿福寺の辺りまでくると寺社や道祖神に隣り合って、人家や店舗のような日常空間が何喰わぬ顔で存在してくる。

古さと新しさが混在した町。生と死が往き交う町なのだ。

地面を掘り返せば、いたる所で人骨があらわれ、川沿いの葦を切れば血が滲むといった話は枚挙に遑《いとま》がない。

石山には霊感というものがないが、人によっては古い霊に出会うこともめずらしくはないらしい。

目の前の風景を透かして感じられる古い歴史の翳りが、この町の魅力の一つともいえるのだろう。

今小路の踏切りを電車が通り過ぎていった。

さて、今日はどっちの方角へ足を延ばそうか……。

決めかねて見上げた空は、春の薄ぼんやりした蒼さでひろがっている。

あたかも所在なく行き暮れている我が身のようだ。

自分の行き着く先は見えているつもりだ。

容赦なく年を取り、誰に看取られることもなく、独りで死んでいく。決して感傷的になっているわけではないのに、それでも侘しさは抑えようもなく募ってくる。

ぼんやり佇んでいる石山の耳に、聞きなれない音が入りこんできた。

とんとんと規則正しい音だったが、なぜか、心のうちに潜む不安のようなものを掻き立ててくる。

踏切りを渡った辺りから聞こえてくるらしかった。

音の正体をたしかめたくなり、そちらの方に足を向けた。

十五代正宗刀剣店脇の空地で、手拭いを頭に巻いた男が炭を手斧で切り落としていた。刀を鍛える時に使う炭なのだろう。

音の出所がわかれば、なんだというだけの話だったが、誘発された不安のようなものは消えなかった。

急に人恋しさがこみあげてきた。

人の賑わいの中に身を置こうと、町で一番といわれている商店街、小町通りに出ることにした。

平日にもかかわらず、往き交う人、人の波だった。

思い描いていた以上の混雑ぶりに、石山は尻込みしてしばらくその場に佇んだ。

人口わずか十七万余人の小さな町に、今や、二千万人もの観光客が季節を問わず、一年中訪れてくる。

花見や海を求め、歴史の痕跡を探し、食事や買物を愉しむためにやってくる。

束の間の縁で袖振り合うだけの人々が、次々と目の前を通り過ぎていく。

繰りひろげられる観光地特有の風景の中に、勿論、石山が求める居場所などあるはずもなかった。

雑踏の中で味わう孤独感は、家で一人で過ごす寂しさ以上に身にしみる。

その場を逃れようと通りを突っ切り、若宮大路へと出た。

そこは道幅が広く、小町通りにくらべてゆったりとしている。

由比ヶ浜から鶴岡八幡宮へと辿る道で、鎌倉幕府の基として築かれたものだ。

段葛の桜並木を見上げると、ふくらみかけた蕾がその出番を待って、うっすらと紅色をにじませている。

ほっと息をつき、そのまま八幡宮へと歩くことにする。

交差点までくると、八百年の歴史を刻んだ本殿が、大臣山《おおむろやま》を背にひときわ高く仰ぎ見られる。

歴史的な威容と、現代の車と人の長い行列の風景を同時に眺められる、鎌倉で最も象徴的な場所ではないだろうか。

この町は歴史的にいくつかの興味深い変遷をしている。

中世においては一寒村だった地に、源頼朝が幕府をひらいた。自然の地形を活かし、神社や寺院、武家館、切通しや港などを配置し、日本における初期の禅宗寺院の伽藍とともに、政権所在地を作った。

中国伝来の禅宗の影響を受けて、鎌倉武士の質実剛健の倫理観とともに独特の文化を築きあげた。

しかし幕府滅亡後は再び一寒村に戻るのだが、横須賀の軍港への足として、明治二十年代に横須賀線が開通すると様相は一変する。

ドイツの医学博士ベルツが海辺の避暑地として顕彰すると、当時の皇族華族、文武官、実業家、文化人、外国人などの上流階級が競って広壮な別宅や洋館を建てた。その数は千人を超えて、西洋の香りも高い別荘地としての特異な文化を花ひらかせることになった。

だがそれもやがて、大正十二年九月一日の関東大震災によって潰え去った。

長谷の大仏や鶴岡八幡宮の近くにまで津波が押し寄せて、大きな被害が出ると、別荘族の多くは鎌倉を去っていった。

そして戦中戦後と時代が移り、次に出現してきたのは、東京から一時間という地の利と、海と緑に囲まれた自然と、夏は涼しく冬は暖かいという気候に恵まれて、ベッドタウン化していく町の姿だ。

かつての宏大な別荘地は相続のために売られ、細分化され、山は崩され、緑が削られ、宅地へと造成され、大きなマンションが建ち、かつての美しい景観は急速に失われていってしまった。

時代の流れの中で、どこの地域でも大なり小なり変化していくものだろうが、鎌倉の場合、中世から近世、現代への変貌はあまり類をみないくらい大きなものがあるといえる。

この町の住人は三種類に分けられると聞いたことがある。

昔からの地つきの原住民。明治大正期の別荘族に替わって住みついた先住民。その中には海軍の家族も多く含まれている。そして、戦後になってやってきた移住民。

そんなふうに大雑把に分けるとこの町が理解しやすいと。

そうした成り立ちを抱えた人々が、狭くて複雑に入り組んだ地形の町に、犇《ひしめ》き合って暮らしているのだ。

どちらを向いても地縁血縁といった繋がりの中で、まるで蜘蛛の糸を張りめぐらしたように暮らしている。

そうであっても彼らは涼やかに、ひそやかに、矜持高く、私は私といった風情で、見えないバリアを互いに巧みにめぐらしながら暮らしている。

石山のような住民とも別荘族とも観光客とも位置付けられない、中途半端な人間にはなかなか割りこめない、なじめない、摑みどころのない人種の集まりにも感じられてしまうこともある。

歴史の変遷に翻弄されてきた町の様相は複雑で奥深い。

そんな蜘蛛の糸をかいくぐって、俺は隙を狙って侵入しようとしている……。

思わず苦笑が洩れた。

信号が青に変わったので、人の群れに混じってそろそろと渡る。

三の鳥居をくぐり、池の端に立った。

源平の二つの池には白と紅の蓮の花が植えられている。

白と紅は、源氏の繁栄と平家の滅亡への祈願と呪詛をあらわしていた。けれど今は昔の物語となり、二種の花は仲良く美しく咲き揃い、訪れる人たちの格好の憩いの場所となっている。

唐突に妻が別れぎわにいった言葉を思い出した。

「女は別れると決めたら、未練は残さないものなのよ」

そうだろうか……。

源平の池の花が年月をかけて自然に共存したように、夫婦だって歳月をかけて築きあげ、添い遂げるものなのではないか……。

今ならそんなふうに反論できそうな気もする……。

「そういうところが未練がましいのよ」

と一蹴されることに変わりはないだろう……。

確かに、未練がましいと、いそいでその場を離れた。

時計を見ると正午もだいぶまわっている。

第二章

どこかで昼食でもと考え、馬場を抜け、小学校脇の道を進み、右手に折れてバス通りに向かった。

食事というささやかな目標で、足取りに弾みがついたのが自分でもおかしかった。

バス通りに出て、どこか適当な食事処はないかと見廻したが、特に気をひかれる店もなかった。

ここまできたのだから、いっそのこと浄妙寺の方にまで足を延ばしてみようか。

あそこなら、門前町として観光客相手の店がいくつかあるにちがいない。

犬も歩けば棒に当たるだ……。

季節や時間帯によっては、鎌倉で一番渋滞する道をいく。

岐れ道までくると、突然、歩道がなくなり、狭いガードレールだけになる。

ひっきりなしに往き交う車やバスやトラックが、騒音をあげて通り過ぎていく。

気休め程度に設置されたガードレールの内側では、すれちがう者同士が互いに身をすぼめて道を譲り合わなければならない。

この町では屢々《しばしば》目にする光景ではあるが、中世にひらかれた町の宿命として半ば諦めながら、現代の車社会との折り合いをつけて生きている。

三方を山で囲まれ、南が海に面した地形を自然の要塞として、頼朝は鎌倉幕府をひらいた。外界への道は、山を切って作った七口の切通しだけだった。京都へ通じる極楽寺坂切通し、大仏切通し、東北諸州に通じる巨福呂坂切通し、金沢に通じる朝夷奈切通し、三浦方面にいく名越切通し。そして仮粧坂切通しと亀ヶ谷坂切通しの七つだ。

それはこの町が切通しの内側に限られた世界であり、外からは容易に犯しがたい領域であったことを意味していた。

新田義貞に稲村ヶ崎の干潟から攻めこまれ、東勝寺に一族八百人余りを集めて火をかけ、北条高時が自害するまでの百四十年の間は……。

明治になってやっと、横須賀線を走らせるために二口あけられたのだった。

金沢へ通じる現代の街道を、石山はなおも辿っていく。

杉本観音を過ぎると、浄妙寺は、もう近い。

その名は妙という文字を書くが、町名もバス停も「明」となっている。

明治時代の神仏分離で、寺の名を使うのを憚り、一文字変えたということらしい。

ほかにもそういう例はいくつもあり、鶴岡八幡宮も、元は八幡宮寺だったので、薬師堂、護摩堂、仁王門があり、近くに、二十五坊もあったという。

第二章

バス停近くまで来た時、通りを隔てた向こう側に、ふと視線がいった。

長年の風雪に耐えてきたといわんばかりの小さな店が三軒、車の騒音などかかわりがないといった風情で、寄り添って建っていた。

両脇を骨董店に挟まれた「ハリウッド」という珈琲店が、特に目を引いた。

若い頃に映画好きだった石山の気持ちをそそる店名と、どこか現代から取り残されたような一角の雰囲気に誘われて、バス通りを渡っていた。

窓から店内の様子を窺うと、間口よりも思いのほか奥行きが深そうで、客の姿は見当たらなかった。

外に出ているメニュー表を確かめてから、ここにしようと決めた。

扉をあけると、カウンターの奥から「いらっしゃい」という声が迎えた。

客のいない店内にその声が妙に高く響いた。

姿をあらわした店主は髪が半白で、余計な肉を削ぎ落とした細身の背の高い男だった。

出迎えた声は張りがあり若々しく、動作も軽やかで飄々としているが、それと不釣合いな頬のこけた顔色の冴えない様子からは、年齢不詳という印象を受けた。

水を持ってきた店主に、

「珈琲とパスタを」

と頼んだ。

それからカウンター脇の席に腰をおろし、正面の壁に目をやった瞬間、度肝を抜かれた。

全身に黒いマントを纏った原節子が、真白な雪の上に立つ、畳一畳ほどの写真が飾ってあったのだ。店の奥から射し込む光が微妙な陰影を与えている。

髪飾りのような雪片を頭にひとひらふたひらと受け、感情を内にとじこめた大きなひとみがこちらを見つめている。

白と黒のコントラストの鮮やかさと、エキゾチックな容姿は神秘的でさえある。

黒澤明監督の『白痴』のスチール写真だ。

圧倒的なその存在感に、しばらく目を離せなくなってしまった。

こんな写真を飾るこの店の主とはなに者なんだろう。カウンターの奥に目をやった。

彼は料理を作りながら時折ちらっと、テレビの画面に流れている洋画に視線を投げている。

あらためて好奇心にかられ、店内を見まわした。壁や棚などに邦画や洋画の古いポスターや、往年の名優たちのブロマイドが所狭しと飾ってある。

「ハリウッド」という店名からしても、よほどの映画好きにちがいなかった。

そんな中で、おやっと思わせるポスターを、見つけた。

マービン・ルロイ監督の『心の旅路』だった。グリアガースンとロナルド・コールマン共演の映画だ。

子供時代に父親にはじめて映画館に連れていってもらい、映画好きの原点ともなった、思い入れ深い作品だった。

テレビで繰り返し放映される名画はいくつもあるが、『心の旅路』に関しては、一度もそうした機会に恵まれたことはなかった。

忘れられた映画なのだといつしか思いこんでいただけに、こんな町外れの珈琲店でそのポスターに出会えるとは意外だった。

タイムスリップして、昭和の世界に連れこまれたような気分にさせられる。

「お待ちどうさまでした」

快活な声とともに、うまそうなパスタが運ばれてきた。

脇に立つ店主に話しかけずにはいられなかった。

「『心の旅路』のポスターとはめずらしい」

「大好きな映画の一本なんですよ」

顔を綻ばせて、言葉を継いだ。

「それにしてもよくご存知で、この映画を」

「いやあ、実は僕も大好きでね」

「奇遇だなあ。これまでこのポスターに目をとめたり、話題にしたお客さんは一人もいませんでしたからね」

「やっぱりそうなんだ。僕もこれまでこの映画について語る人間に出会ったことがない。名画なのになぜかとずっと思ってたんだ」

「お客さんとは気が合いそうですね。これから一緒に見ませんか。DVDありますよ」

まるで旧知の仲のような屈託のない誘われ方にちょっと照れて、自分でも意外な反応をしていた。

第二章

「いや、これから寄るところがあるので……」

なにをいってるんだ。そんな場所なんかあるわけがない。所在なくぶらぶらしているだけの人間と思われたくない見栄から、咄嗟に出た言葉だった。

そんな自分が苦々しく、フォークを取りあげて、パスタを絡ませた。

石山の様子に頓着するでもなく、

「記憶を失った一人の男が、二度も同じ女性を気づかずに愛してしまう物語ですよね」

映画を手繰り寄せるような話し方だった。

「そうだね。その主人公役のグリアガースンに子供ながらひと目惚れしてね……」

今度は相手の波長に合わせるように、すらすらと応じていた。

「満開の桜の花の下での夫婦の再会。一瞬にして記憶がよみがえるラストシーンは、ロマンティシズムの極地ですよね」

「実に感動的で美しかった。映画というものの魅力をあますところなく見せてくれた」

初対面の男二人が一つの映画について熱く語っている。どこか面映くもあるが、愉快でもあった。

「どうぞ温かいうちに、召し上がって下さい。映画の話になると、前後の見境いなくつい夢中になってしまうんで……」

そう詫びながら店主は、戻っていった。

ここは思いがけず居心地のよい場所のようだと思いながら、パスタを口に運んだ。

仕事の話でもなく、日常会話でもない、こうした類の言葉を交わしたのは、久しくないことだった。

いつの時代、以来だろう……。

おそらく遠い昔、学生の頃にまで遡らなければならないかもしれない。

写真について、政治について、映画や文学について仲間と熱く語り合ったあの頃。

観念的な青臭い言葉を競うように並べ立て、酔い痴れていた自分が、甘酸っぱくもほろ苦く思い出されてくる。

青春時代か……。

すっかり忘却の彼方に消え去っていたはずの数々の懐かしい情景が、ゆっくりと立ち返ってくる。抑えようもない哀惜の念もこみあげてくる。

一人の風変わりな男と言葉を交わしたことで、ずっと意識の底に沈めていたものが目を覚まし、蠢き出そうとしているかのようだった。

もしかしたら無為な日々の中で、こんな時間がくることをひそかに待っていたのかもしれない。

だからこそ、なにかを求めて毎日ただひたすら歩きまわっていた……。

食後の珈琲が頃合いよく運ばれてきた。

「さっきの続きだけど子供の時に強く印象に残った映画というのは、いつまでも忘れがたいもんだね」

先刻の会話に戻したかった。

「まったくその通りだと思います」

期待以上の打てば響くような反応が返ってきた。

「実は僕も子供の時の一瞬の出会いで、原節子の虜になってしまったのです」

壁の写真に視線を向けて、眩しげに目を細めた。

「その時から延々と、この年になっても変わることなく、ずっと……」

しみじみとした深い声だった。

「なるほど、それでこんなに大きく引き伸ばした……」

「この写真はモノクロなので、美しさがより一層、際立っていると思いませんか」

強く同調を求められていると感じた。

「たしかにそうだ。原節子の美しさもそうだが、写真そのものも迫力がある」

「このキャメラマンは偶然のチャンスで撮影したのに、これ一枚で世界的に有名になってしまったんですよ」

「実際にそんなことがあるんだなあ……。運と被写体と伎倆の幸せな合体……」

ふいに、ある時期、写真のモデルとして憧れを抱いていた少女の面影がよみがえってきた。

年甲斐もなく、胸がかすかに波立った。

「なにしろ、原節子の存在は絶対ですから」

我が物を誇るような物言いに、はっと我に返り、男の顔を見つめた。

そんな視線を押し戻すように、

「彼女以上の女優がいると思いますか」

一途な少年のような調子でたたみかけてきた。

「まあ、人の好みはいろいろだからねえ」

取りあえず軽くいなしはしたが、面白い男だと、あらためて思った。

「相当に好きなんだね。ファンというのはそんなものだろうけど」

「好きなんて領域は通り越してます。節子さんと共に生きてきたのです」

真剣さと節子さんという呼び方に驚かされた。初対面の客にここまで踏み込んだいい方をするのか。まともに受けとめなければならないぞと、背筋が伸びた。

「なるほど。節子さんね」

石山は「了解」といった笑みを返した。

この男には人の気持ちをほぐして、すんなり自分を受け入れさせてしまうなにかがそなわっているのかもしれない。

「マスターが彼女に魅せられたのは、何歳ぐらいの時だったの」

あらためてきいてみたくなった。

「小学校一年生の時でした」

即座に答えると、斜め前の椅子を引いて腰をおろした。

「あれは下校途中でのことでした。僕はいじめられっ子でしたので、その日も半泣きで家に逃げ帰ろうとしていました。そんな時です。毎日通っている本屋の店先が、いつになく明るく輝いているのに出くわしたのです。いそいで近寄ると……」

そこまで話しかけた時、扉がひらいて客が入ってきた。

「佐山さん、いらっしゃい」

何事もなかったように話を中断すると、身軽く立ちあがってカウンターの中に入った。

「今日も頼むよ」

常連客とおぼしき、石山より多少年輩に見える白髪の男だった。

馴れた様子で棚から新聞を取ると、カウンター席に腰をかけた。

「今日はちょっと寒いでしょう。体調はどうですか」

店主が気遣いの言葉をかけている。

「大丈夫、大丈夫。ところで今日の献立はなにかな」

「根菜の炊き合わせと、肉団子の甘辛煮です」

珈琲を飲んでいる石山の耳に、二人のやりとりが入ってくる。

裏メニューのようなものがあるらしい。

この男も一人暮らしで、屢々《しばしば》、昼食をとりにやってきているのか……。

客の出現で話が途切れてしまったのは残念だったが、腰をあげる潮時かもしれないと、
伝票を手にして立ちあがった。

「ありがとうございました」

釣銭を差し出しながら、店主が「ところで」と切り出した。

「原節子のDVD持っていかれませんか。いろいろ揃ってますから。ご自宅でゆっくりご覧になるといいですよ」

石山は目を丸くした。

「だって君、僕ははじめてきた客だよ。どこの誰ともわかってないでしょう。そんなことは出来ないよ」

「ダビングしてありますからご安心ください。一人でも多くの人にファンになってもらいたいんですよ」

と笑った。

「彼はいつもこうなんだよ。映画を好きそうな客が来ると、いつもね……」

カウンターの客も笑いながら言葉を挟んできた。

「そうなんですか……」

どうしたものかと逡巡していると、

「代表三部作から見て下さい。小津安二郎監督と組んだ第一作『晩春』からがいいでしょう」

うむをいわせない素早さで棚から一本を引き抜き、紙袋に入れはじめた。

「三部作は僕も前に見てるけどね」

「いえ、いえ、僕なんて百回や二百回ではききませんよ。繰り返し繰り返し見ても、新しい発見と感動があります。名画の名画たる所以《ゆえん》です」

熱い語りかけだった。

「こうやって、一人また一人と客がマスターの虜になっていくんですよ」

カウンターの客がにやにやしながら、満更でもない口調でいった。

「それでは、遠慮なくお借りしようかな」

少し気が楽になって、好意を受けとめることにした。

「見終わったら、是非、感想きかせて下さい」

うれしそうに店主は紙袋を差し出した。

石山は手帳の一頁を破り、住所氏名電話番号をしるして、「また近いうちに寄りますが、一応これを」といってカウンターの上に置いた。

「それはご丁寧に……。扇ヶ谷にお住まいですか」とメモに目を落とした。

「仮住まいのようなもんですけどね」

多少弁解がましい言い草になったが、店主はそれ以上深入りしてくる様子もなく、クリップでほかのメモと一緒にとめた。

「ここで毎週水曜の夜七時に映画会をしてるんですよ。我々客が勝手に好きな映画を持ちこんで、わいわいと。楽しいですよ。よかったら参加して下さい」

カウンターの客が声をかけてきた。

その気安さがうれしかった。

「愉しそうですね。折りをみて是非、一度」

上機嫌に石山は答えてから、店を出た。

久しぶりで、人のぬくもりの中で過ごしたという心地よさが余韻となって残っている。

外界とは明らかに質のちがう、この店特有の雰囲気にひきこまれていた自分がいた。

おそらく、DVDを借りていなくても、また足を運んでいたにちがいない。

ちょうど鎌倉駅行きのバスが停留所に止まった。

店での楽しかったひとときを胸に、ステップに足をかけた。

第三章

駅前広場でバスを降りると、心地よい風に身を包まれた。

いつも鎌倉に帰ってきてホームに立った瞬間、出迎えてくれる風と同じだ。

海から松林を抜けてくる爽やかさは、もし風に色があるならば緑色だろうと思わされるほどで、木々の命までも孕んだ光の粒子とともにやさしく頬を撫でていく。

この風の洗礼を受ける度に、「ああ、鎌倉だ」としみじみと実感する。

常にもまして爽快に感じるのは、いっとき前まで「ハリウッド」で過ごした店主との会話や人との触れ合いの余韻が残っているせいかもしれない。

このまま無人の家に真直ぐ帰るのも策がない。もう少しどこかを散策してみようかと思いつく。

駅前広場は相も変わらずのバスや車や人の喧騒でみちあふれている。

互いに分ちようもない内面を抱えた人々が黙々とすれちがっていく。

彼らも心のどこかでなにかを待っているのだろうか。

あの男も、あの女も、そしてこの俺も、なにかを探し、なにかを待っている。だが一体なにを探し求めているのだろう……。

そうした声にならない呟きが寄り集まって共鳴し、広場を一種独特のざわめきでみたしている。

これといった当てもなく、石山はまわりを見廻した。

その時、ふとすぐ前を歩いていく女の後ろ姿が目に入った。

彼女の黒いセーターの背で、光が作り出した網目模様がちらちらと躍っている。

女が歩みを速めると網目模様はより激しく揺れた。

その光の悪戯に目を凝らしていると、なにかに幻惑されていくような不思議な感覚に囚われ、顔も年齢も知らない女の後に引き寄せられていく。

横断歩道まで来て信号が青に変わると、女は脇目もふらずに渡り切った。

そして郵便局の角を曲がり、日蓮宗本覚寺の前を通り過ぎていく。

このまま進めば、仁王門の先の妙本寺に行き着く。

妙本寺か……。

それもいいかと石山は頷いた。

学生時代に訪れて好きになった寺の一つだ。

奥深い境内と誘いこまれるような苔むした細長い石段が特に印象に残っている。

背後から迫ってくる車の気配に脇によけたほんのわずかの隙に、黒いセーターの女を見失った。

まるで神隠しにでもあったように、彼女の姿は掻き消えていた。

誑《たぶら》かされたような気分だったが、気を取り直して境内の方へとそのまま進んだ。

日蓮上人が流刑地から戻って入った夷堂があった場所で、橋を渡った一帯の谷戸が、日蓮宗妙本寺の境内になる。

橋の欄干にもたれて川面を見おろした。

この辺りの川は夷堂川と呼ばれるが、上流から胡桃川、滑川、坐禅川、夷堂川、炭売川、閻魔川と次々と名を変えて由比ヶ浜の海へと注ぐ。

一本の川の流れにもいろんな呼び名や支流があるように、人の一生にもその時々の顔がある。

果たして今の俺の顔はどんなふうに人には見えるのだろう。

川底の魚影を追いながら、思いめぐらす。

肩叩きをして退職させた部下達の顔が浮かんでくる。仕事人生で一番耐えがたい時期だった。振り返りたくもない辛い日々だった……。

川面から目をそらし、橋を渡った。

杉や欅の大木が林立する奥深い境内は、昼でも薄暗く、ひんやりとした湿気にみちている。

重なり合う梢の間からわずかに光が差しこみ、潮騒に似た葉のすれ合う風の音が樹間を渡っていく。

参道は途中で二つに岐れる。

右側は坂道で、左手は細く長く延びる石段だ。

どこか遥けき世界に通じていそうな階段の気配を窺いながらのぼるのが好きだ。過去から現在、未来へとつなげてくれる存在。

左手の道を選び、石段の下からキャメラを構えてシャッターを切った。

その音と感触が心地よく耳に響き指先に伝わり、俄かに青春の日々が呼び起こされる。

写真から遠ざからなければならなかったあの日から、一度もキャメラに触れていない。

慚愧にも似たやるせない感情がこみあげてきて、しばらくその場に立ち尽くしていた。

長い年月人々の足で踏みしめられた石段を一段、一段、じっくり味わい尽くすようにのぼっていく。

寺と石段の多さはこの町の風景の一種だが、最近では、磨滅しやすい鎌倉石に代わって、コンクリート剝き出しの階段がふえ、いささか風情に欠けてきた。

風雪に耐え、人の思いにすりへった石段こそ、歴史の重みにふさわしい眺めだが、安価な手軽さの誘惑から逃れるのは容易ではないだろう。

何事も経済効率が優先で、早いこと便利なことがもて囃され、薄っぺらな方向に走りがちな風潮になってしまった。

勿論その責めは、そうしたことの片棒を担いできた自分のような企業戦士も負わなければならない、という述懐をこめてのことではあるのだが……。

息子が家を出ていった時の衝撃は思いのほか強かった。自分の人生の半分がいきなり捥ぎ取られたような脱落感におそわれたものだ。

父親として反論したいことは山ほどあるにはあった。

「頑張った人間がいたからこそ、今の日本があるんだ。お前達はそうした恩恵を受けてきたことを忘れたのか……。それなのに早々と逃げ出していくとは、何事だ……」

思いきりぶつけたい気持ちもあったが、結局、なにも口にはしなかった。

自分が発する言葉の虚しさのようなものが、自分自身に跳ね返ってくるだろうことに気づいていたからだ。

無理に引き留めれば留められたのかもしれない。だが、あえてそうしなかったのは、世間の常識や物差しに縛られずに好きに、自由に生きようとする息子の姿に羨望さえ感じ、そっと背中を押してやりたい気持ちもなくはなかったからだ。

石段をのぼるにつれ、朱塗りの二天門があらわれ、その先に山を背にして日を受けた祖師堂が見えてくる。それはまるで浄界へと導く灯明のようだった。

過去と現在が断ち切られて、まだ見ぬ未来へと引きあげてもらっているような胸の高まりがある。

のぼりきると、四、五十メートルほど先の祖師堂の階段に腰かけている女の姿がぼんやりと見えた。遠目なのと地味な色合いの服が、風雪に晒された古い建物にとけこんで、その輪郭さえはっきりしない。

辺りに人の気配はなく、一瞬、寺の守り本尊の化身でも座っているのかと思った。

妙本寺は、この谷に住んでいた比企《ひき》能員《よしかず》一族が滅んだ後に、息子の能本《よしもと》が日蓮上人の弟子となって、火事で焼失した屋敷跡に建立したものだ。

能員の娘、若狭の局は一族が滅ぼされた時、家宝を抱いて井戸に身を投げ、蛇に化けて寺を守り続けていると伝えられている。

守り本尊の出現かという驚きを打ち消しながらわずかに歩みを進めたが、そのまま近づくのも憚られ、ひとまず海棠の下に立ち、房状に垂れた固い蕾を仰いだ。

海棠も桜も開花までには時間がありそうで、色彩に乏しい境内は灰褐色に沈みこみ、猫一匹歩いていなかった。

再び祖師堂の方にそっと視線を戻した。

夕暮れ時にはほど遠いのに、薄暗い階段にひっそり座っている女の姿は朧で、仄白く

第三章

幽にひらく一輪の花のようだった。

彼女のまわりにだけ特別な時間が流れているかのような静寂さが立ちこめている。なにかに囚われて身をひそめているのか、それとも寂寥とした境内で心を解き放っているのか。近づく者を阻むようでもあり、手招いているようでもある。

彼女の方に少しずつ距離を縮めていく行為には、日常とは異なる世界へと足を踏み入れていくようなぞくぞくする感覚がともなっている。

とんでもなく懐かしいものに再会できそうな予感と同時に、この世ならぬものに引き寄せられていくような不安も兆してくる。

突然、意識と無意識の層を掻きわけて迫り上がってくるものがあった。

誰かに似ている……誰かに……。

誰だろう……。

高鳴る鼓動を胸に、間近まで寄った時だった。

仄白い女の面がふうっとこちらに向けられ、じっと見つめられた。

佐倉玲子……。

戦慄が走り抜ける。まさか……。

辺りの景色がいっきに後退していった。

あの少女……。

石山の青春の日々につながる、写真家、江橋恭が撮り続けた少女。

そして石山もひそかに憧れ、いつか自分も一人前のキャメラマンになって撮ってみたいと願った少女。

しかし、四十年以上も昔の少女が、目の前に出現するなんてことはありえない……。

錯覚だ、気の迷いだ……。

似ているというだけのことだ……。俺はどうかしている……。

「ハリウッド」の会話の中で、ふいに佐倉玲子のことを思い出したりしたことが尾を曳いているにちがいない……。

さっさと立ち去るべきだと祖師堂に手を合わせようとした時、なんと女が軽く会釈するような素振りをした。石山も慌てて頭を下げたが、近くまできた人間への儀礼的な会釈らしく、すぐに再び山門の方に顔を戻した。

なにを熱心に見ているのだろうと、そちらに視線を伸ばした。

山門は四角い額縁に似ていて外側の木立が絵のように収まっている。するとそこにふいに人の頭があらわれ、上半身が、全身があらわれた。のぼってくる石段は視界に入らないので、まるで舞台の奈落の底から迫り上がってくる芝居の登場人物のようだった。

祖師堂に座って先刻から眺めているのは、この光景だったのか……。

山門は「俗と聖」の境界を示している。それをくぐれば彼岸となる。

とすれば、俺は今、俗の世界を抜けて彼岸に立っているのか……この女と一緒に。

だから現実感が次第に薄れていくのか。

その時、奈落の底から迫り上がってくる別の男の姿があった。

江橋恭……。

大学の三年先輩で、当時すでに新人写真家として活躍していたあの男……。

だが彼はとうの昔に亡き人となっている。

ありえない、ありえない。

石山はまばたきをして男の姿を見直した。

似てはいるが、当然ながらまったくの別人だった。

やっぱり俺はどうかしている……。

「ハリウッド」で過ごした風変わりなひとときのせいで、眠っていた亡霊達が、次々と俺を惑わすために姿をあらわしているのかもしれない。

いつまでもここでぐずぐずしていてはいけない。

祖師堂の女からも、過去への追憶からも逃れなければならない。

急ぎ足で山門まで引き返した時、予期せぬ力に引き戻されて後を振り返っていた。

振り返ってはいけないと思いながらも、振り返っていた。振り返らずにはいられなかった。

だがもはや人影はなく、ただ祖師堂のみがわずかに明るんで浮き上がっているばかりだった。

ああ、やっぱり夢でも見ていたのか……それとも幻だったのか……。

山門から外へ逃れ出てからも、今の今まで身を置いていた場所での不思議な感覚が、名状しがたい至福感となって身を包んでいる。

忽然と消えた黒いセーターの女にしろ、祖師堂にいた女にしろ、なにかを暗示するために石山の前に姿をあらわしたのだろうか。

腑に落ちないままに境内の外に出た。

第三章

江橋恭のような写真家になりたい願望も、父親の急逝という予想外の出来事で、所詮、夢は夢として潰え去る運命だった。

病弱な母親とまだ幼い妹を支えるために、アルバイトに明け暮れる日々がやってきた。写真どころか、学業にさえまともに向き合えない状況に落ち入った。

ちょうどそんな頃、江橋が佐倉玲子の写真集を出版した。

最初に頁をひらいた時の衝撃は、今でも忘れることが出来ない。

黒々と見ひらかれた眸の底には、こちらをじっと見据える強さが秘められていた。

キャメラに向けられた視線にいっさいの媚びはなく、自分の美しさに気づいていない、いや、知っていたとしても気にもとめていないといった、美少女らしからぬいさぎよさと小気味よさが浮かんでいた。

江橋恭がとらえた佐倉玲子がそこにいた。

石山は頭がくらくらとした。

一度だけ、大学のキャンパスで、江橋が佐倉玲子の写真を撮ったことがある。

撮影風景を遠巻きにして石山も見学した。

その時の印象は、透明感のある肌と小作りで繊細な面立ちから、弱々しい蜻蛉《かげろう》を連想させられたものだった。

今にも壊れてしまいそうな儚げな美しさに、心を奪われ、ひそかに憧れた。

だが江橋恭が撮った佐倉玲子は、石山の印象とはまったく異なっていた。

弱々しい守るべき美少女という石山が抱いたイメージは完全に打ち砕かれた。

そこには、女性が本来持っているであろう芯の強さ、したたかさのようなものが、見事なまでに炙り出されていた。

たおやかさの陰にひそかに隠し持っている女の本質が、容赦なくしっかり見る者に差し向けられていた。

生半可な石山などでは到底捉えきれなかったであろう、佐倉玲子の像に圧倒させられてしまった。

自分と江橋の才能の違いをいやというほど思い知らされた瞬間だった。

ほどなくして、石山は卒業を待たずに学校をやめ、知人の紹介で仕事についたのだった。

江橋の写真集が結果として、家族を支えなければならない現実を、石山に容易に受けとめさせてくれたともいえるだろう。

あの時以来、キャメラを手にすることも、同期会に顔を出すこともなくなった。

それからの長い道のりを、ここまで歩いてきたのだった……。

あらたに思い起こさずにはいられなかった。

それにしても、ほんのいっとき、石山をじっと見つめた祖師堂の女の目は、写真集の中の佐倉玲子の目と同じだった。

記憶の底に沈めていた面差しにくっきりと光が当たり、彼女の命が鮮やかに蘇ってくるようだった。

そのときめきを心地よく感じながら、石山は急に、原節子について書かれた本を読んでみたくなった。

グラビアや評論に少しでも接することで、「ハリウッド」の店主の原節子への思いをいくらかでも理解できるかもしれない。

考えつくと同時にすぐに足は、駅前の本屋へと向かっていった。

第四章

夕食を終えてから、石山は窓辺の椅子で、買い求めてきた原節子の評伝集を読みはじめた。

これまで原節子という女優を特別視したことはなかった。『東京物語』や『晩春』に出ている日本人離れした美貌の女優という程度の認識しか持っていなかった。

少し勉強して、「ハリウッド」の店主の話にそれなりの相槌くらいは打てたらと考えたのだ。

原節子は一九二〇年（大正九年）に横浜市保土ヶ谷で、二男五女の末子、会田昌江として生まれた。

石山が生まれたのが一九四八年だから、二十八歳の年齢差があることになる。「ハリウッド」の彼は、もっと若そうだから、とんでもなく年の離れた女優への憧憬となる。そうした男の心理が不思議でもあり、好奇心とともに読み進めていく。

父親は大きな商家の息子だったが、祖父の道楽で店がつぶれ、家計を助けるために、次姉の夫である映画監督熊谷久虎の紹介で日活多摩川撮影所に入社した。一九三五年（昭和十年）のことで十五歳だった。

芸名はデビュー作『ためらふ勿《なか》れ若人よ』の役名節子からつけられたという。成績優秀で教師を志していたため、女学校を中退しての女優業にはそもそも気乗り薄だったようだ。

後日、本人が述べている。

「自分から望んでなったわけではないので、特別の意識もなく、なんとなく流されるように無我夢中でやった……」と。

あまり欲のない役者人生だったと評されるのも、そんなところからきているのかもしれない。

それでも天性の美貌と素質は、大女優になるべき星の下に生まれついていた。

六作目で、山中貞雄監督の『河内山宗俊』（フィルム現存）に出演し、そこから大きく花ひらく運命へと導かれていく。

日独合作映画のために来日していたドイツの監督ファンクの目にとまり、他の高名な女優を退けて、ヒロインに大抜擢された。

この合作映画『新しき土』は一九三七年（昭和十二年）に、日本はもとより、ドイツをはじめヨーロッパ十三カ国で上演され、数千万の観客を集めることになった。

宣伝のために渡欧した先々で大歓迎され、当時の日本ではめずらしい、世界で名が知られた華々しい女優の道がひらかれたのだ。

わずか十七歳の少女でしかなかった。

当時の映画誌で、未来の田中絹代を約束できるのは、まず原節子だと評されたりもした。

その後東宝に移り、二年半の間に二十三本の映画に出演するが、帰国後の異常な期待感の反動から、美貌だが経験不足の未熟な大根役者というレッテルを、貼られてしまうことになる。

早すぎるスターへの道が、演技を学ぶべき時間も余裕も与えなかったことからきた不幸だった。

そんな彼女に徹底的な演技指導をしたのが、島津保次郎監督だった。

やがて黒澤明監督の『わが青春に悔いなし』(昭和二十一年)で、キネマ旬報ベスト二位となり、『安城家の舞踏会』(吉村公三郎監督)で翌年にはキネマ旬報ベスト一位になり、昭和二十四年にも『晩春』(小津安二郎監督)でキネマ旬報ベスト一位を獲得する。

さらに昭和二十六年も『麦秋』(小津監督)と、『めし』(成瀬巳喜男監督)でキネマ旬報一、二位に輝き、実力、人気ともトップスターとしての地位を築いた。

なによりも小津との出会いで、『晩春』、『麦秋』、『東京物語』の三部作が生み出され、二人の代表作ともいわれるようになる。

後年、『東京物語』は、イギリスの「タイムズ」で、過去の映画史の中で世界一位に選ばれ、一九五〇年代のヨーロッパの監督に大きな影響を与えたといわれている。

イタリア映画の名作『鉄道員』は、家族の葛藤を描いていても、凛とした気品と人間の誇りを失わせず、傑作として名高いが、監督と女優との出会いという意味からしても、小津から受けたものは計り知れないという。

そんな小津安二郎の存在は国境を超えて、現在も、多くのファンを魅了し続けている。

だが、読み進めていくうちに歳月は流れ、やがて、頂点を極めた女優にも、避けがたい翳りが忍び寄ってくる。

小津安二郎は一九六三年（昭和三十八年）十二月の還暦を迎えた誕生日にこの世を去った。

北鎌倉の自宅で行われた通夜に原節子は本名、会田昌江で参列して、号泣したという。

後から考えれば、この時すでに引退の意志を示していたのではないかとも推測されている。

四十二歳の若さで、引退宣言もなしに銀幕から姿を消してしまった謎は、未だに解消されていないが、引退への伏線はそれなりにあったということなのだろう。

一九六〇年には映画館数が七四五七館と史上最高を記録するが、観客は漸減しはじめて、逆にテレビの普及台数が一千万台を突破したのは六二年だ。

映像メディアの交代という時代の激しい変化と、美貌の清純女優としての年齢からくる限界。小津安二郎をはじめ成瀬巳喜男など多くの監督が亡くなり、人間の細やかな機微を描いた作品が減少し、原節子は自分の出番の縮小を見通し、未練なく身を引いたのではないかとも臆測されている。

一九五九年の回顧記で、彼女はすでに語っている。
「永遠の処女とか、神秘の女優なんて名前は、ジャーナリズムが勝手につけてくれたものですから責任は負わないけど……略……。ただファンの方の夢をこわすようなことだけはしたくないと、それだけはきびしく自戒してきたつもりです……略……」（早春夜話）
白内障の手術を受けたこともあり、一九六四年（昭和三十九年）に東京の狛江の家から、現在の浄明寺の姉夫妻の家に引っ越してきた。これが第二の間接的な引退表明ともいわれている。

鎌倉駅から二キロほど奥に入った、足利義兼創建の鎌倉五山の一つ浄妙寺と地続きの熊谷家の物置を、最初山小屋風に改装して住んでいたが、やがて六五年に、敷地奥の寺寄りに、本格的な二階家を建てて定住するようになり、現在に至っている。

最後の作品は『忠臣蔵』で、一九六二年の四十二歳の時になる。

戦前から戦中、戦後という激動の昭和の映画界を生きた一人の女優の濃密な人生に圧倒されながら、石山は読み終えた。

それにしても、絶頂期とも思える中での引退。半世紀以上にも亘る完全な沈黙。

公の場にいっさい姿を見せない寡黙さと頑なさは、常人の理解力を遙かに超えたものとしかいいようがない。

長い年月、彼女の胸のうちを去来し続けているものはなんだろう。

そうした後半生を送るように仕向けた隠された真実とはなんだろう……。


息苦しさをおぼえて窓をひらくと、夜が明けたばかりの新鮮な外気が流れ込んできた。

煙草に火をつけて深々と吸いこんだ。

原節子という人間に、これまで抱いたことがない強い磁気を感じた。

一服しただけでいそいで揉み消すと、借りた『晩春』のＤＶＤをセットした。

作品も原節子もはじめて見るように新鮮だった。

昔は見過ごしていた表情や心の機微などがしっかり伝わってきた。

なんと深い作品なのだろう……あらためて目をひらかれた思いがする。

年を重ねたからこそ、感じ取れるものがあるのかもしれない。

無性に「ハリウッド」の店主と『晩春』について語り合ってみたくなった。

柱時計に目を走らせる。八時半を過ぎたところだった。

店は朝九時からやっている。年中無休だともいっていた。

さっそく顔を洗い、水を一杯飲み干すと、身支度をして家を出た。

向こうで、珈琲とトーストでも頼むことにしよう。

独り身の気ままさと、原節子によってもたらされた高揚感で、気分はすでに「ハリウッド」へと飛んでいた。

店の扉をあけると、

「いらっしゃい。お早いですね」

と明るい声に迎えられた。

「昨日、偶々立ち寄っただけなのに、また、朝からきてしまったよ」

ちょっと照れて答えた。

「偶然というのは、時に様々なことを引き起こしますから」

水を運んできながら、

「本当は偶然なんてものはなくて、なにがしかの縁《えにし》があってそこにぶつかる。僕の人生でも、時折ありますので」

自信ありげにさらりといった。

「偶然ではなく、必然か……」

すぐに肯定も否定もできない微妙な問題だと、石山は曖昧に応じた。

トーストと珈琲の注文を受けると、

「理屈ではなく、実感として持っているんですよ」

さらに納得させるような念の押し方をして、カウンターの方に戻っていった。

トーストが焼ける芳ばしい匂いと、珈琲の香りがなんともいえないくつろぎ感を与えてくれる。

仕合わせなんてものは、こうした日常のなに気ないところにこそあるのかもしれないと、思えた。

カウンター越しに話しかけられた。

「この店を見つけたのも、偶然といえば偶然なんですよ。五十歳になったら仕事もいっさいのしがらみも捨てて、この地で、原節子の近くでカフェをやると決めていたんです。

いよいよその年齢が近づき、良い物件はないかと探しはじめた矢先にこの店にぶつかった。それもですよ、前日に空いたばかりで……。大家はもう誰にも貸す気がなくて、扉を釘づけにしてあったのですが、日参してやっと借りられたのです。今ではその大家も常連客になってくれてますけどね」

うれしそうに立て板に水のように勢いよく喋る。

顔色の冴えない年齢不詳の男の印象との落差が面白く、石山は耳を傾けていた。

珈琲とトーストが運ばれてきたが、

「なにしろ原邸とこの店の距離が遠からず近からず、実に絶妙で。よほどの幸運にでも恵まれないかぎり出会えない、願ってもない場所でした」

と、なおも話し続けている。

「それは幸運だったたね……」

礼儀として返しながら、トーストに手を伸ばした。

「偶然がすべて原節子へとつながっていく。いや、そうではない。僕は呼ばれている。見えない手で招かれている。彼女を思う一念が、細くはない糸でつながっていく。そう確信した瞬間でした」

おっ、と思って、男の顔を見やった。

憑りつかれた人間の、妙に力がある言葉だった。

カウンターの方に戻る淡々とした後ろ姿からは、話し相手は誰でもよくて、自分が喋りたいことを喋るという様子が窺えた。

他者の感想など欲していない、自分の価値観の中だけで生きているような……。

男から目を逸らして、熱い珈琲をゆっくり口にした。

水音がとまり、片づけを終えたらしい店主が、再び語りかけてきた。

「僕は終日、古い映画をこうやって見てます。お客さんと一緒に愉しむこともありますし、リクエストされればすぐにそのDVDをセットします。でも基本的には自分の気ままな趣味の部屋であることに変わりはないのです」

「わかってるよ。一歩入った時から」

率直に答えた。

「こうやってカウンターの中に立っていると、自分はこんなふうに存在できるんだと、あらためて感慨に耽ることもありますが、いや、これはごく自然に辿り着いた僕自身の本質にかかわるありようなのだとも思うのです」

「ところで、前は別の仕事をしていたの」

一種の好奇心からたずねた。

「音楽関係の仕事をしてました。テレビ局でプロデューサーをした後、三十六歳で独立してプロダクションを作りました。何人かの新人を育て、いくつかのヒット曲も出しました。大金も入った。でもいくら金や名声を得ても、心が満たされることはありませんでした」

さらに饒舌さがましていく。

「好きな映画の世界ではなかったんだね」

当然の疑問として湧いてきた。

「僕にとって、映画はあくまで夢の世界なのです。そこに身を置いて働くという発想はいっさいありませんでした」

「わからなくはないなあ……」

石山は煙草に火をつけながら、頷いた。

「仕事が絶好調であっても、心の片隅では、今ここにいる自分は仮の姿でしかなく、本当にあるべき姿ではないと感じていました。原節子のこと以外はすべてどうでもいいという本音が心の底に流れていました」

ライターがかちっと鳴って、かすかな煙が流れてきた。L字形のカウンター脇の一番奥まった席だったので、店主が身を乗り出さないと、沢山並べているブロマイド立てや雑誌の陰になって石山の姿は見えない。

「それでも現実の生活と、原節子を思う世界はきっちりと二つに分けているつもりでした。ニューヨーク、ロス、ロンドンとレコーディングのために飛びまわっているだけでなく、若さにまかせて友人と東京にレストランをひらいたりなんかしてたんです。人間というのはまったく妙な生きものですよねえ……」

同調を求めているようにも聞こえるが、あくまでも自分の話の中でのことだろう。それはそれで無口な石山には助かることだった。

「ところがです。ある時、仕事の便宜上ロンドンに家を買ったのですが、いざ住むとなった途端、身と心が不均衡になり、俺はなにをやってるんだ。彼女がいる鎌倉に帰りたいと居ても立ってもいられない気持ちになってしまいました。マネージャーに家の処分を託して、すぐに飛行場に向かいました」

しばらく無言の間があった後に再び話しはじめた。

「そして原節子の家の前に立ったのです……。夕闇に浮かぶ窓の明かりを見あげた時の安堵感。ああ、やっぱり自分がいるべき場所はここなのだ。仕事も異国の地も遠い別世界のことでしかないんだと、あらためて悟るのです。明かりの下の彼女の存在を全身全霊で感じ取ろうと立ち尽くす。この至福のひとときのためにこそ、僕は生きているのだと……」

秘めた思いの深さが伝わってくる。

「学生の頃から何度、そこに佇んだことでしょう。それは今も変わりなく、毎晩店を閉めると明かりを確かめに立ち寄ります。それが唯一、僕にとって節子さんの存在の証と思えるからです」

「すごいもんだねえ……原節子への思いは……」

感嘆の声をあげずにはいられなかった。

「この界隈は古くからの閑静な住宅地で、バス通りから一歩入れば、広い敷地に大きな家が建つ別天地となります。浄妙寺の山門に通じる道ではなく、もう一つ駅寄りの道を辿っていくと、原節子が住む熊谷邸の門前に出ます。僕がこよなく愛する道……。浄妙寺の境内の木立を右にしたその道は、どことなく薄暗く、わずかにカーブしながらゆるやかな上り坂になっていく。僕は必ず一度は足をとめて、先が見通せない道の奥を窺う。それだけで胸がどきどきと高鳴ってくるのです。

両側から桜の大木が枝をひろげ、まるでトンネルのようになっています。花の季節にはまさに花のトンネルと化します。現実の世界から夢の世界へと通じるタイムトンネル。その道をゆっくり辿っていくと、日々の喧騒も雑念も消え去り、無垢な状態になった自分がただひたすら、原節子へと近づいていく……」

まるで一編の良質な物語をきかされているような心地にさせられていく。


「ここをくぐり抜けたら、『東京物語』の原節子に会えるかもしれない……」

「……『東京物語』の……」

突然、夢物語から引摺り出されたような驚きに打たれた。

ためらいのない声がすぐに返ってきた。

「そうです。『東京物語』の原節子です……」

珈琲ポットを手にした店主がカウンターから出てきて、怪訝な表情を浮かべたままの石山を見て、ちょっとおかしそうに笑いを噛み殺した様子で、

「笑って下さって結構ですよ。たいがいの人は妄想だろうとここで、一度は引きますから」

それまでの真剣な語り口はどこへやらといった風情で、いそいそと愉しげに石山のカップに熱い珈琲を注ぎ入れた。

「他の人には妄想だと思えても、僕にとっては、それが夢であり、願望なんです。『東京物語』の原節子が原点なのです。勿論、他の作品の彼女も好きです。でも、なんといっても『東京物語』の紀子役の原節子です。子供の時に焼きつけられた眩いばかりの原節子」

無言でじっと見つめるばかりの石山に、

「も少しつけ加えさせて下さい」

と、斜め前の椅子を引いて腰をおろした。

「実は、僕は幼い頃から、当時は長くは生きられないといわれていた紫斑病に侵されていたのです……」

少し表情を引き締めて語り出した。

「十五歳ぐらいまでしか生きられないだろうといわれてました。学校も休みがちでしたが、おかしなことに映画だけは好きなだけ見させてもらえた。渋谷の道玄坂で飲食店をやってた祖父と一緒に暮らしてたんですが、店に映画関係の人の出入りも多かったし、近くに映画館は沢山あり、両親が無類の映画好きときてました。どの館もフリーパスだったのは、今にして思えば、明日をも知れない子供を不憫がっての大人達の配慮だったのかもしれません」

一瞬、昔を愛しむような表情を浮かべたが、すぐに話を進めた。

「映画、命でしたから、多少の熱や不調でも見に出かけてました。自分の惨めで苦しい日々をいっときでも忘れさせてくれる広い世界。様々に繰り広げられる人間模様。人生のなんたるかを教えられました。明日生きているかわからないと追い立てられるように、のめりこみました。今、生きていることのすべて、世界のすべてでした……」

火をつけないまま指に挟んで弄んでいる煙草の先に視線を集めている。

下手な相槌を打つのも憚られて、石山も引き抜いた一本をテーブルに立てて軽くトントンと打ちつけた。

「その大切な映画の中心に原節子がいるのです。光り輝く存在として。前途に希望がない僕の心細い道を照らしてくれる一筋の光として……」

一体この男の中には、どれほどの物語が隠されているのだろうと、思わずにはいられなかった。

話を戻すように口調を変えた。

「仕事に励みながらも、ふいに節子さんの家の明かりを求めてふらふらと手繰り寄せられる。そうしたことの繰り返しでした。仕事が順調だった三十五、六歳の頃でもそんな有様でした。それでもさすがに仕事を中途で投げ出すほど無軌道にはなれなかった。

三十歳の時に原節子の家の前に立った日に、心に誓ったのです。五十歳までは人並に働く。だがその後はすべてのしがらみを断って、原節子だけを見つめて過ごすと。それまでは自分に箍《たが》を嵌めていくと……」

自由気ままそうに見えても、彼なりのけじめを持った几帳面さもあるのだろう。

「一度こうだと思いこむと、真直ぐにつき進めるのは、原節子に関することだけです。その場合は一切の妥協もなく、自分の思いに忠実に行動できるのです。彼女のことになると、性格が一変してしまう……。もともと物事を突き詰めて考える質ではなく、直感で動く、流れのままでいく。成るように成るさといった感覚は、おそらく死と背中合わせで育ってきたせいなのでしょう」

話に一区切りつけるように、ライターを煙草に近づけた。

「珈琲と煙草中毒なんです。そんな時代からの習慣で、食事は一日一食。寝る間も惜しんで、映画、映画で、きています」

そういってうまそうに吸いこんだ。

余計な肉を削ぎ落とした体形。一途に求めるものを追い続ける精神。

「まるで修験者のような趣きだね……」

「いえ、いえ、そんなんじゃありません」

照れたように目の前で手を振った。

「どちらにしてもマスターは、僕がこれまで出会ったことがない類の人間であることは確かだ」

「そうですか。僕よりもっと酔狂な人間は沢山いると思いますけどね」

声を立てて笑った。

「まあ少なくとも、サラリーマンの世界ではあまり見かけないねえ……」

「好きなように暮らしているという自覚はさすがにありますが、それでもふつうの人間がふつうに暮らしているつもりなんですよ」

「ま、自分の趣向にこだわっている人間は多いかもしれないけどね」

石山も笑いながら半ば肯定した。

「というようなことで、予定通り五十歳で、ここに店をひらいたわけです。仕事を友人に譲るとまわりに告げた時、ずいぶん諫められましたけどね。勿体ない、後悔するぞと。原節子の近くで暮らすのが夢だったと話しても、呆れられるだけで、誰にも理解してもらえなかった」

「まあ、それが世間一般の反応だろうなあ」

息子がこの国を出ていった時の自分の対応を思い出していた。

「夢のために働いてきたのだ。僕にとって彼女は、世の常のものではないのだから、当然の成り行きなのだといって、友人たちに別れを告げました」

「なるほど……」と頷いた。

「ところがですよ、後悔どころか今が人生の中で、一番仕合わせな日々なんですよ」

嬉々とした声に変わっている。

今が仕合わせ、というのが一番だといいかけて、自分の身に照らし合わせて、言葉にはしなかった。

「生き馬の目を抜くような業界に三十年もいましたので、ここでなにも競う必要がない人達と過ごす時間はとても新鮮で、心地よいのです。常連客は僕の原節子さんへの傾倒ぶりを、ほとんど冗談の領域と思ってるんじゃないですか。変わり者のお遊び。道楽者の戯言ぐらいに。そんな寛容さの中で好きなようにやらせてもらってます」

いかにも満足気だった。

「ここにはふつうの暮らしがあり、人間としての生の声やぬくもりがあります。店をやって気づいたのは、寂しい人が多いということです。いっときの止まり木として寄ってもらえるだけで、ありがたいのです」

僕もそんな一人だよとは、いわずもがなのことだった。

「ささやかな庶民が暮らしの中で一喜一憂しながらも、しっかり地に足を着けて生きていたあのよき時代……小津安二郎の世界……。それにも似た風景がここにはあるのです」

「あのよき時代……」

「勿論、昭和二十年代の後半から三十年代の半ばまでのことで、僕が一番好きな時代です。それ以前の血まみれの昭和とそれ以降の金まみれの時代の間の、わずか十数年のよき時代。戦争ですべてを失っても、貧しくても、人間としての節度を保ち、互いに助け合っていた人々がいた。日本人の原風景があった」

澱みなく言葉が流れ出てくる。

「まさに小津安二郎の世界がそこにありました。それなのに、東京オリンピックの前後から、町の様相も暮らしぶりも人の心もすべて変わってしまった。特に生まれ育った渋谷の町の変貌は激しく、僕は悲しい気持ちで見つめていました。怒りにも似た寂しさを子供心にも抱いて」

「あの頃から変わりだしたねえ。ところで君はその頃、何歳だったの……」

「八歳前後というところですかね」

「そんな年頃でいろいろ感じてたんだなあ」

「映画の見過ぎで早熟だったかもしれませんが、子供は大人が考えている以上に敏感で、いろんなことを理解してるもんですよ」

「理性が未発達で、無意識の世界に近いところにいる幼子だからこそ、感受できることもあるんだろうね……」

「僕には忘れがたい光景があるのです。戦争こそ知らない世代ですが、その傷跡はあちらこちらにまだ残されていましたので」

居住まいを正すようにして語りはじめた。

「小学校にあがる前の年頃でしたが、ある夕暮れ、退屈まぎれに家の外にふらりと出た時、僕を可愛がってくれる隣のきれいなお姉さんが、電柱の陰に佇んで赤く染まった空を見あげていました。その姿があまりに寂しげで、子供の耳にも声にならない泣き声がきこえてきそうに感じられました。

若い戦争未亡人だということは知っていました。

どうしようもないことにじっと耐えている、底知れない孤独と哀しみが、子供の胸にも迫ってきました。後々になって、イタリア映画の『ひまわり』や、フランス映画の『かくも長き不在』、そして、なによりも『東京物語』の未亡人紀子の原節子に心惹かれるのは、あの遠い悲哀にみちた孤影が、起因しているのかもしれないと思う時があります」

石山は、男のこまやかな感性と情感に、あらためて気づかされた。

「個人の力ではどうにもならないことや、絶対だといわれていた価値観が一夜でひっくり返ってしまったらしいことを、薄々でも感じていました。そんな中で、時の流れに逆らってでも決して失ってはいけないものがあるはずだと、理屈ではなく学びました。目先の現象や利益だけを追いかけていけば、やがて心は荒廃していく。折りに触れて振り返るべき原点を持つべきだと……」

この男を理解するための根っこの部分にちがいないと石山は印象深く受け取った。

「僕の原点は、原節子であり、小津安二郎なのです。僕の生きる機軸はあの時代にあるのです」

ひと呼吸すると、煙草を取り出し、火をつけた。

石山も一服したくなり、銜えた。

再び店主が口をひらいた。

「小津安二郎は、大正、昭和の文明によって世界が腐っていくということを本能的に感じていた。戦地での経験と、そこから見つめた祖国への思いから、時流に媚びない思想を打ち立てたといわれています。『東京物語』で、日本の家族制度がどう崩壊するかを描いた。家族とはなにか。人間とはなにか。凜とした気品や奥床しさを失わずに日常の葛藤を映し出した」

どこまでが自論で、どこからが借りものの小津論なのかわからないが、石山は興味深く耳を傾けた。

「さっき、『東京物語』の原節子にいつか会えるとお話ししましたが、つまり現実に求めえない姿を求めて生きているということです。今そこにあるものではなく、かつてそこにあったものに憧れ、恋い焦れて生きている……。原節子が活躍していた時代との厖大なずれを埋めて、この手に取り戻し、現実化しようとしている。ありえないことを夢見て期待している。いつかその時がくると信じている……」

切々と訴えるように吐露し続けていたが、突然ふっと言葉を飲みこむと、戸惑いの表情を浮かべた。

「……でもそれって、もしかしたら辛かった子供時代に培ってしまった、たんなる妄想癖でしかないのでしょうか……」

突然横切った自分への疑念に立ち竦んでいる様子を見せた。

この男はなんなく相手の気持ちに入りこんで、こちらを取りこんでしまう真摯さを持ち合わせている一方で、心の奥には誰にも触れさせない扉を持っていそうな気もする。もしかしたら、彼自身さえ気づいていない別人格が存在している。そんな気配さえ感じさせる。

一層の好奇心を掻き立てられながらも、次々と繰り出される熱いエネルギーの量に圧倒されて一息つきたくなり、さりげなく話を転じた。

「そうだ、忘れていた。『晩春』をお返しするつもりで持ってきていたんだ」

いかにも失念していたように、紙袋からＤＶＤを急いで取り出した。

「もう見終わったんですか。それは早い。うれしいな。どうでしたか」

いっとき前の当惑顔は消えて、目を輝かせ、矢継ぎ早にたたみかけてきた。

変わり身の早さに石山の頬が思わずゆるんだ。

「若い頃に見たのと印象がちがってねえ」

「そうでしたか。それではご一緒に見て、いろいろ語り合いましょう」

「今から……」

数時間前に見たばかりだよと、石山が口にするより先に立ちあがって、

「午前中はあまりお客はきませんから」

といそいそとテレビにセットしようとした。

その時扉があいて、二人連れの年輩の女性客が入ってきた。

「いらっしゃい」

間髪を容れず、愛想よく出迎え、店主の顔に返ってＤＶＤを棚に戻し、窓側の席の方

に案内している。

彼は一体いくつの顔を持っているのだろうか。

客は向かい合って腰をおろし、さっそくメニュー表を手に顔を寄せている。

異次元のような世界の時間が突然途切れて、石山はなんとなくその場の雰囲気に馴染めずに、ぽつんと取り残されて座っていた。

第五章

「ちょっと休ませてね」といって入ってきただけあって、墓参り帰りの二人連れの客は珈琲を飲むとすぐに出ていった。

店主が「お待ちどうさまでした」といって、珈琲の入った自分用のマグカップを手にして戻ってきた。

「いや、特に待ってたわけではないので、気を遣わないで」

石山は慌てて手を振った。

「いえ、いえ、ご一緒に『晩春』を見るのは願ってもないことですから。その前にちょっと珈琲を一杯」

断りながら斜め前の席に座った。

店という意識よりも、自分の居間でくつろぐという雰囲気だった。

「さっきの話の続きになりますが、あの時代に僕を繋ぎとめているのは、原節子であり、小津であるのは確かなんですが、原節子が好きだから小津の映画が好きになり、その時代が好きになったのか、或いはその逆もありうるのか。小津が先か、原節子が先か、時代風景への郷愁が先か……」

自分への問いかけのようでもあった。

「そのあたりをはっきりさせようとしても、渾然一体となっていて判別しようがなくて……」

「年端のいかない子供時代の風景や心象が、そんなに心を捉えて、いつまでも支配し続けるものなんだろうか……」

先刻から抱いている疑問を、石山は口にした。

「そうなんですよねえ。自分でも不思議に感じることがあるんです。いくら懐古趣味でも、なぜこうまであの時代に執着し、郷愁をおぼえるのかと……」

「マスターは女優と同じ苗字だよね。なにか原節子と関係があるの」

「あるわけないですよ。原節子は芸名。本名は会田昌江です」

「そうだよね。でなければ、出来すぎた話だし。でもちょっぴり残念な気もするなあ」

「もっとも、内心では多少、因縁めいた気持ちがないこともないです。というのは、あの時代の風景と響き合えるようななにかが、ありそうな気が、時折りするんです。本当は、すでにあの頃、自分がいたんじゃないかという奇妙な感覚というか……。おそらく錯覚にすぎないのでしょうが」

「ほう……既視感のようなものかな」

問い返さずにはいられなかった。

「幾層にも重なった記憶の襞に隠されたなにかに、敏感に反応するような感覚……。幼い頃の風景と、物心つく前から見ていた映画の世界の境界線が曖昧になっているだけなのか……」

「現実と映画の境界線……」

「ありうることかもしれないねえ……」

「或いは僕が並はずれてセンチメンタルで執着心の強い性格なのか。いずれにしても理屈では割り切れないもやもやしたものを抱えて生きてきたのは確かです」

そこで急に話を中断して立ちあがり、

「ま、この辺りを掘り返すと、際限もなくなりますから」

といいながら、ＤＶＤを手際よくセットした。

男の言葉から伝わってくる、微妙な心の綾のようなものに石山は思いをめぐらす。

「僕は指定席のカウンターの中から見ますので」

と断ってから、リモコン片手に戻っていった。映像が映し出されると、タイトルなど最初の部分を早まわししていく。


「小津は『晩春』のシナリオを、最初から原節子を想定して書いたそうです。自分なら彼女を立派に生かせる自信があると……」

話しながら画面を止めたり流したりする。

「その言葉通り、小津は彼女の二面性を見事に引き出した。ほら、作品の前半での朗らかで健康的で慎ましやかな娘ぶりは、定番の役柄でしょう」

「その通りだね」石山は頷く。

「ところがです……ちょっとここで、場面転換しますよ」

と、舞台を鑑賞している父親とその見合い相手、そして二人をじっと観察している娘役の原節子のシーンでとめた。

「ここですよ。彼女の表情に注目して下さい。見合い相手への嫉妬や敵意にみちた眼差しへの変化。愛するが故にたかまる父への嫌悪。複雑によじれ合う娘心を見事に演じています」

「たしかに凄みのある目だ」

「明から暗へ反転する心理の落差の間に、ちらっと見せる人を寄せつけない目の表情に、後々、世間から身を隠してしまう、彼女の生き方が窺い知れます」

「ゆったり流れる大河のような女優という印象が、僕にはあったんだけどね」

「そういう面も勿論あります。でもその内側には自分に忠実できびしい、周囲に決して迎合しない強い性格を隠し持っている」

「なるほど」

「原節子は人みしりで地味で、対人関係が苦手で、撮影所では無口だったといわれてます。そんな彼女を小津は、いつもひとりぼっちでいるような人は、いい女優になる素地があると見ていたのです」

「すぐれた監督としての眼力なんだろうね」

「日本的な慎ましい健気な役柄が多くても、実は当時としてめずらしい自我の確立した女性だった。小津の慧眼がそれを見抜き、引き出した」

店主の話で、作品の深みがましていくのが面白い。

「彼は原節子を一つの理想像と思っていたのではないでしょうか。古い日本家屋の中に身をおきながらも、自立した人間性を表現できる。あの時代としては貴重な女優として」

なるほど、なるほどと頷きながらも、男の映画への造詣の深さに驚かされる。

「一方で、美貌だが大根役者と評する人間もいますが、それは原節子の真価がわかっていないだけの話です」

憤然とした面持ちになって、「その証拠に、小津が語っている言葉があります」

——彼女の個性をつかみそこねて、大根だとかいう人間もいるが、その人にないものを求めること自体間違っているのだ——と。

「小津監督は原節子にはあまり演技をつけなかったといわれてます。それは彼女の本質を知っていて、人間性そのもので勝負させたのでしょう」

男のテンポの速い話を聞き洩らすまいと耳を傾け、映像を目で追い続ける。

「小津監督は二本目の作品『麦秋』で、こんなふうにもいってます」

とさらに続けた。

――原節子のよさは内面的な深さにある演技で、脚本に書かれた役柄の理解力は驚くほど敏感です。単に顔面筋肉を動かすだけの名優は多いけれど、彼女のようなのは数えるほどしかいない――

まるで小津が乗り移ったように、淀みなく言葉が迸り出てくる。

おそらく何回も読み返し、咀嚼し、自分の言葉のようになっているにちがいない。

「小津は原の真の才能を見出し、彼女は見事に応えて、開花した」

石山もなにか言葉をはさみたくなった。

「二人の代表三部作、『晩春』『麦秋』『東京物語』は、小津と原の出会いによってのみ生み出された作品だと思います」

「あらためて、それらも見たくなるねえ。マスターの名解説と熱さに煽られて、こちらの気分も高まってくる」

「それはうれしいですね。彼女の作品は可能なかぎり揃えてありますから。またご一緒に」

「是非にとお願いしたいところだ」

「なにしろ小津は日本の古い伝統を受け継いだだけではなく、そこにさりげなく風穴をあけて世界へと通じる普遍性を映した稀有な存在なんです。だから現在でも、国境を超えて評価され、人々を魅了し続けているのです」

やがて映画が終わった。


「マスターのおかげで、ずいぶん愉しめたよ。勉強にもなったし」

「それはよかったです」

率直でてらいのない笑顔が返ってくる。

「それにしてもやっぱりいい作品だねえ。父と娘の細やかな愛情がしみじみと伝わってきた」

石山の感想を聞いて、店主の表情がわずかに変化した。

「……別の見方もあるんですよ。これは娘と父のただならぬ関係を暗示している作品だと……」

意表を突かれたように、石山はどきりとした。

そんなふうな見方、解釈もあるのか……。

いかに自分の見方が表層的で、単純なものだったかと、少々恥じ入る気持ちも生じた。

「いろんな解釈ができるのは、そもそも作品の奥行きが深いということで、なかなか難しいところではありますが」

含みを持たせた言葉の後で、しみじみといった。

「いつもつくづく感じるのですが、原節子は自分をキャメラの前に晒すことをひそかに恥じている。できればそこから逃れたがっている。そんなもう一人の原節子がいそうな気がするのです」

「あの美しい笑顔の裏で……」

「確かにどこか飾っているようなぎこちなさはあるけどねえ……」

「もしかしたら女優として演技してキャメラの前にいるのではなく、素のままの無防備さで、身を晒しているのではないかと畏れに似た気持ちを抱くことさえあります」

今見たばかりのいくつかのシーンを、石山は思い返す。

「僕が好きな原節子の表情の一つは、レンズを真直ぐ見つめてくる、媚びや甘えとは無縁な知的で気取りのない眼差しです。いくら持て囃されても自分の美しさなど気にもとめていないといった小気味よさ。確かな自我を秘めた眸」

深い憧憬をこめた言葉を聞きながら、石山ははっとした。かつて江橋恭が撮った佐倉玲子から受けた印象とそっくりだったからだ。

決して一筋縄ではいかない女の存在感の強さは、原節子であれ、佐倉玲子であれ、別れた妻であれ、あまり大差はないのかもしれない。

それにしてもなぜ、こうも度々、佐倉玲子のことを思い出すのだろう。

自分の心のありようの不可解さに戸惑いながら、石山は別のことを口にしていた。

「もともと原節子は役者としての欲はなかったと、評伝には書いてあったけれど」

「なりたくてなったわけではないようです。『青い山脈』の今井正監督が、撮影後に語った言葉があります」

――芸に深さや幅が出てきたが、映画に生涯を捧げても悔いない情熱や気魄に欠けている。いつか生活の条件が変わるなら俳優をやめて、静かな別の世界に入りたい、そんな気持ちがいつも心の底で動いている――と。

「どうですか、まさに原節子の後半生を予言している」

「すごいねえ。それにしても半世紀にもおよぶ沈黙は驚嘆に値するとしかいいようがないが」

「世間と縁を切るということは、日々、嫌でも自分自身と向き合っていくことですからね」

「他者といる時にはごまかしてしまえる、必ずしも好ましくない裸の自分と常に向き合う。それは相当にきついことだ」

「彼女には覚悟と強さがあるということです。さらにいえば、生まれながらにして俗世間に身を置くには、あまりに異質の魂の持ち主だった……」

煙草の先で長くなったままの灰を静かに落としながら、それきり男はしばらく自分の思いの中に沈みこんでしまった。

やがて「こんな話があるんです」と感慨深げな声で切り出した。

「ある時、ご近所の方がめずらしい原節子の古い写真があると、お宅に届けたそうです。ご家族からそれを受け取った節子さんは無言でその場で破り捨ててしまったのだそうです……」

「それはまたすごい話だ。過去はいっさいなしということなのか……。常人には決して真似できそうもないことだよ」

ぞくっと鳥肌が立った。

「それが原節子なのです。徹底しているのです。だからこそ潔く銀幕を去ることができた」

店主の顔がきりりと引き締まる。

「自分の映画を見返すことも、古いアルバムをひらくこともないようです。ですから昔の写真が巷に流布していることなど許せなかったのでしょう。見事に過去と決別している。その一件を知って、強く胸を打たれ、あらためて彼女を永遠の聖女とあがめる気持ちを強くしたのです」

「しかし、自分から進んで入った世界ではないにしろ、大スターの地位を築いた人間が、理由もあきらかにしないままに姿を消してしまうというのは、やはり大きな謎を残してしまうねえ。一体何がそうさせたのだろうか……」

「外から窺い知れないのが人間です」

「そういってしまえば、すべて終わりになってしまうけどね」

店主が急に身を乗り出した。

「ドナルド・リーチが『小津安二郎の美学』で、こんなことを書いています」

――人は生れてから死ぬまで全く一人ぼっちであるという考え方は、すべての小津の世界に存在している。人とは無常の世に住むはかないものである――と。

「なるほど」

石山は言葉短かに頷いた。

――小津の登場人物は過去を持たない。彼らは過去のことを口にするが、その過去の場面は決してあらわれない。一度もフラッシュバックを用いなかった数少ない監督の一人だ――

「これを読んだ時、はっとしたのです。小津の世界と原節子の世界に、共通のものがあると。彼女も小津と同じにフラッシュバックせずに、自分の後半生を全うしようとしているのだろうと。そういう人間なのだろうと」

「潔いといえば、潔いが、過去を切り捨てて生きるのは、よほどの覚悟と内面への拘りが強くなければ不可能だ……」

「生涯娶らなかった小津安二郎。生涯嫁がなかった原節子。長い年月、孤独と自分に向き合い続けてこられた二人には、常人の想像を超えた深くて広い心の世界があるにちがいありません」

「それなくしては出来ないことだとは思うけどね……」

「ところで二人の間に恋愛感情は多少なりともあったのかな」

石山の素朴な疑問だった。

店主はちょっと笑みを浮かべて、

「互いの才能を引き出し合う監督と女優という関係以上に発展する必要がない、また望みもしない稀有な間柄だったのではないでしょうか。だからこそ、二人は次々と名作を生み出していけた」

きっぱりとした口調の後で、ふと謎めいた表情を浮かべた。

「ただ、たとえ、惹かれ合っていたとしても、現実に結ばれることがなかった理由が、ほかにあったような気が、僕にはするのです……」

その先の言葉を飲みこむように濁した。

「ほかの理由……」

好奇心に駆られて続きを促すようにいってみたが、それに応えるような気配はすでになかった。

それならと、この際だからきいてみようと考えた。

「原節子はこの店のこと知ってるの」

「いえ、おそらくご存知ないでしょう」

即座に答えが返ってきた。

「絶対に知ってほしくないです。なによりもそのことが大切だと考えてます」

「それはなぜ」

あえて近くに店をひらいたことと矛盾しているのではないか。

「間近に僕のような男がいることで、節子さんの気分が損なわれては大変です。僕の存在が節子さんを汚してしまってはいけないのです。そのことは常に畏れています」

「それならわざわざ近くに店を持つこともなかったんじゃないの」

「いや、違うのです。僕は直接会いたいとか、近づこうとか思っていません。同じ地域で同じ空気を吸い、気配だけでも感じられれば充分なのです。ただ影のように寄り添っていたいだけなのです。わずかでも重なっている今という時間を大切にしたいのです」

「影のように寄り添う……」

その言葉の切なさが石山の心を波立たせる。

「今でも毎晩、店を閉めて家に帰る前に必ず、節子さんの窓明かりを確かめにいきます。

でも以前のように立ち止ったりはしません。さりげなく通り過ぎる。僕の顔も知られてきているので、ストーカーと間違われては困りますので」

「細心の注意を払っているというわけだ」

「そのせいか特に怪しまれている様子もなく、近所の方や寺の駐車場のおじさん達も、気軽に立ち寄ってくれてます」

「それはよかったじゃないの」

「ところがです。最近びっくりすることがありまして。あの古い写真を受け取って節子さんに渡したという方が、ここにこられていたらしいのです」

「えっ、それに気づかなかったの」

怪訝に思って聞き返した。

「その時はその方のお顔を知らなかったもので。後に居合わせたお客に教えられて」

「黙って帰られたわけだ」

「ということになります。『白痴』の写真をじっと眺めて、珈琲を飲んですぐに帰られたそうです。残念なことに、その日はとても混んでて、全体に目配りができてませんでした」

「こんな大きな写真が堂々と飾ってあれば、噂がご家族の耳に入ることもあるだろうね」

「ご本人があまり外出されなくても、そういう可能性は確かに。自分の思いばかりが先行して、大変、迂闊でした」

「その人はこの店の様子を自分の目で見るために、立ち寄られただけなのかな」

「こんな近くに店を構えて写真を飾って。なにを考えているんだ。迷惑なことだ。本当のファンなら、そんな無礼なことはしないはずだと思われて、帰られたのではないでしょうか」

「そうだろうか。引退して何十年経っても、未だに熱心なファンがいてくれるのは、女優冥利だと、ご家族だってうれしかったんじゃないのかな」

「本当の気持ちははかりかねますが、勝手な希望的観測でいえば、この店のことは節子さんの耳に入れてないような気がします」

「なぜそう思うの」

「だって、手渡した写真を目の前で破り捨てられた方ですからねえ。そんな女優としての覚悟と気性は身にしみてわかってらっしゃるわけでしょう。あえて不愉快なことは話されないのではと」

「なるほど」

ありえることかもしれないと、同感した。

「なにしろ周囲のガードは想像以上に固いですから。節子さんを世間の目から守ろうという意識は驚くほど強い。ご家族だけでなく、映画関係者や友人、ご近所からもいっさいの情報は洩れてきません。それだけ大事にされているのです。そのためあの方の存在を確認できる唯一の方法が、窓明かりだけなのです。ああ、あそこに今いらっしゃると……」

男の声が心にしみ入ってくる。

「それでは古い写真を破いた話は、例外中の例外の情報洩れということだ」

「本当に奇跡のようなものです」

「作り話ということはないの」

「いえ、後に写真を届けたご本人から聞いた話です。信用できる常連さんですし、それにありうる話だと、僕の胸にすとんと落ちましたので」

「そうか。マスターがそう感じたのならありうることなんだろうな」

真摯で真直ぐな視線が、疑う余地を残さなかった。

「そういえば、少し前に週刊誌に、庭に立ってる原節子の姿を盗み撮りして掲載されたことがあったなあ」

「ひどい話です」

吐き捨てるようにいった。

「ずいぶん年を取っていて、気の毒なことをするものだと思ったけどね」

店主がきっと、石山を睨みつけた。

「なにをおっしゃいます。歳なんて、まったく関係ありません。僕にとっては、ファンにとっては、永遠に光り輝く女神なのです」

「そうなんだろうねえ。いわずもがなのことをいってしまった」

気迫に押されて、いそいで詫びた。

「世間なんてそんなものですよ。なんでも面白がって。チャンスさえあれば盗み撮りはする。記事はでっちあげる。僕のことさえ嗅ぎつけてきて、いろいろ聞き出そうとする者さえいる。まったく次元の違うところで僕は生きているのに」

くやしそうに嘆いた。

「週刊誌はくる。観光バスはくるで、とうとう庭に面したガラス戸は、すべて曇りガラスに替えられました」

「現在でも、それだけ騒がれる存在だということなのだ」

ある種の感動をおぼえずにはいられない。

「この時代に、そこまで存在感を放っているスターが何人いるでしょう。それほど原節子が素晴らしいということなのです」

扉があいて、昨日も昼食をとりにきた男が入ってきた。

石山をおぼえているらしく、「やっ」と手をあげてカウンター席についた。

店主は煙草を消すと立ちあがり、

「今日の献立は……」

と話しかけた時、再び扉があいて三人連れの女性客が入ってきた。

「マスター、今日は友達を連れてきたわ。なにかおすすめの映画を見せてよ」

いかにも親しげに話しかけている。

急に賑わい出した店の雰囲気に、石山は時計に目をやった。正午をまわっている。

九時過ぎに入って三時間近くも居座ったことになる。愉しい時間というのはたちまち過ぎると思いながら、立ちあがった。

会計を終えると、マスターが、

「今日は『東京物語』をお持ち帰り下さい。ちょっと手がはなせないので、申しわけないけど、ご自分で棚から抜き取って下さい」

と調理を続けながら声をかけてきた。

「それはありがとう。じゃあ、遠慮なく」

いわれた通り、棚から取り出していると、『『東京物語』のラストシーンで、瀬戸内海をポンポン蒸気船が入っていくでしょう。人はいずれ死んでいく。それを生へと託しているのが、あの蒸気船ではないかと僕は思っているのです」

突然、切り出された言葉に返す言葉に窮した。

「小津は生への再生を原節子に託した。あのポンポン蒸気船がその象徴ではないかと僕は思うのです。『東京物語』が伝えようとしている大切なメッセージの一つではないかと」

器用にフライパンを揺らしながら語った。

「なるほど……心してよく見させてもらうよ」

きちんと居住いを正して見なければと思いながら、外へ出た。

第六章

妙本寺で佐倉玲子の面影を宿した女を見かけてからというもの、印象深い夢が一日中尾をひくように、あの時の情景が強い陰影をともなって残存している。

夢なら夢でいい。もう一度だけ同じ夢を見たかった。あの夢心地を味わえるものなら、今一度味わいたかった。

そう願いながら石山はその後、何回も妙本寺を訪れた。

境内の海棠が咲きはじめるまでに、せめて散り終わるまでに、再会したいものだと期待しながら。

花の季節には、開花と落下という現象が容赦なく顕在化してきて、たしかな時の移ろいをあらためて意識させられる。

刻々と流れていく時に追い立てられるように通い続けても、人けの少ない境内にはただ姦《かしま》しく木霊する鳥の鳴き声ばかりが響いていた。

それでも石山には、祖師堂に座っていた女がどうしても行きずりの観光客のようには思えなかった。しっくりと寺の風景になじんでいた。この町の住人としての落着きが醸し出されていた。最初の印象では住人というよりもむしろ、寺の主のようにさえ感じられたものだ。

それ故、いつか必ず会えるという確信に近い気持ちを抱いて、足繁く通ってきている。

それでも望みが叶わない日が続けば、さすがに自分の思いこみから出た妄想でしかないのかと自信もゆらぎはじめる。

寺であの時見かけたと思った女は、やはり幻か錯覚だったのか……。

今日も望みは叶わなかったと山門を後にし、足の赴くままに歩き出す。どのくらい歩いたのか、ふと顔をあげた時、目の前にいきなり海がひらけて、どきりとした。

海と出くわす一瞬には、慣れることがない不意打ちのような驚きがある。

まわりの風景から敢然と区切られ、異質なエネルギーを漲らせている存在に圧倒され、身構えさせられてしまうのだ。

だがこの日の海は、重なり合った雲の層から光が射しこみ、茜色に染められて殊のほか美しかった。

石山はほっと息をついた。

鎌倉の海というのはよく晴れた日であっても、逗子や葉山のような明るさを感じさせない。どこか陰気で、時には鈍色の波間に甲冑をつけた武士の一団が浮き沈みしているような錯覚におそわれることさえある。

けれど今日の海は特別の明るさと美しさで迎えてくれた。

いっとき前の寺での情景が、あらためてよみがえってくる。

しかしどう考えても、あの遠い記憶の中の少女が、その面影を宿したままでいるはずがない。いるなどありえない……。

そう思いながらも、たとえそれが過去からの亡霊であろうと、異空間の住人であろうと構いはしないと石山は考えている。

久しく忘れていたあの甘美な胸の高鳴りを、もう一度感じられるものなら……。

山と海に囲まれたこの地は、もともと外界と切り離された異空間であり、由比ヶ浜を結界としていた。

「切通しを抜ければそこは黄泉の国」ともいうそうで、確かにひんやりとした薄暗い切通しを抜けた先の風景が、別世界のように見えることがある。

入り組んだ谷戸の形状の複雑さ。寺社の奥深さ。

谷戸から谷戸へとつながる細く曲がって先の見通せない小路が、辿る者の姿をたちまち掻き消し、痕跡さえ残しはしないといった風情にみちている。

一筋縄では捉えられない佇まいは、ひっそりと身を隠して住むには似つかわしい、陰影に富んだ町なのだ。

原節子も、そんな形状の町の片隅にひっそりと身を潜めて暮らし続けているのだろう。強靭な意志とともに。それにしてもその強い心構えは一体どこからきているのだろうと、あらためて驚かされずにはいられない。

女という生き物が、男などが到底太刀打ちできない代物であるのはたしかで、別れた妻の表情や言動の一つ一つをとってもいちいち、思い当たる節があると、苦笑いが増してくる。

浜辺におり、踏みしめる砂の感触は、思いのほか重く、体が前に傾ぐほどだ。

六十数年生きた歳月の重みか。

視線をあげると、いっとき前の曙色が消え、海面は銀の延べ板を敷きつめたように輝いている。

一面に立つさざ波が魚の鱗のように光った。

妙本寺で見かけた女が、たとえ物の怪であろうと女狐であろうと、誑かされたのであろうと、よいではないか。

なんにも目にしなかったよりは、よほどましではないか……。

この町の摑みどころのない風情の中では、なにが起こったとしてもおかしくはないのだ……。

「ハリウッド」の店主もそんな幻惑の中でひたすら、なにかを待ち続けているのだ。

そんな彼のありようそのものに石山は強く惹かれ出している。

腰をかがめて足元の貝殻を拾い、傾けた。

さらさらと砂がこぼれ落ちる。

過去からの茫々たる時間の堆積も、砂とともにこぼれ落ちていく。

海はしだいに藍一色へと変わり出す。

水平線上に突然、輝く光の帯があらわれ、単調だった海の様子がいっきに生気を取り戻した。

一隻の船が光の帯に滑りこみ、ガラス細工のように変えられた。

そして瞬時に光の帯は消えて、船はたちまちありふれた姿に戻ってしまった。

風や光の具合、雲一つのありようで海はまたたく間に様相を変えてしまう。

この変幻自在な光の綾の移り変わりを、一瞬で捉えるのは写真でもなかなかむずかしいだろう。

そんな感慨に耽りながら、石山はキャメラを向けることなく、ただその変化に目を凝らし続けた。

写真は真実を写し出すというが、そもそも真実とはなにか。

映画にしても小説にしても、現実をありのまま表現しているわけではなく、一度は現実を壊して虚構の世界に作り直す。そのことによってより真実に近いものを生み出そうとする。

そもそも虚像とか実像だとかいう言葉そのものが、なにを意味しているのかとも考える。

この世を計る物差しは一本ではないはずだ。

その人間にとっては間尺があっていることでも、他方にとっては無価値なことはいくらでもある。

それでも人はみななにかを信じ、生きている。「ハリウッド」の彼などその代表だ。

どこか間尺にあっていないと薄々感じながらも、それをかざして、これこそが真実だ、本物だ、一番だと主張する。そうでないと生きていけないのが人間というものなのかもしれない。

妻も息子も、彼らなりの真実を探し求める旅に出た。

彼らがいなくなった時、何度も繰り返し浮かんできた言葉は一つ。

人は自分が生きたいようにしか、生きないものなのだ。

己れ自身を納得させるための達観とも諦観ともつかない言葉だったかもしれない。

それにつけても、今、俺はなにを信じて生きようとしているのか。あらためて胸につきつけられる疑問でもある。

重い砂を踏みしめながら、たくさんのヨットが置かれている辺りまで辿り着いた。夕暮れ前の霞のかかった浜では、戻ったばかりの幾隻かのヨットが横たわり、若い男女が忙しげに動きまわっている。

笑いを含んだ高い話し声が、暖かい生気を立ちのぼらせながら、波のざわめきに消えていく。

帆が風にはためきながらおろされていき、たたむ者、片付ける者と、一日の満足を得た陽気さと夕暮れの一抹の寂しさの中で、すべては動いていく。

青春の喜びにみちた彼らと、今の俺との間にどれほどの距離があるのだろう。

いや、現在の自分というよりも、青春真只中にいた頃の俺との距離というべきか。

おそらく計り知ることができないほどの深さがあったにちがいない。

一口に青春といっても、時代、時代による相違は驚くほど深く大きく、同じ若者と単純に括ることなど容易にできるものではない。

それにしてもあれらの日々から、なんと遠くへきてしまったことか……。そして今、海辺で、たった一人で佇んでいる。

あの当時、日本中が学園闘争で騒然としていた。石山が属していた写真部も例外ではなかった。

キャメラを擲って戦列に参加する者。あくまでも客観的に撮って世に問うべきだと考える者などさまざまだった。

思想信条の問題、写真とは、報道とはなにかなど、複雑に絡み合い、鋭く対峙していた。

デモ現場の撮影から戻って暗室にこもり、ひたすら現像焼付けに専念する者。部室の硬い丸椅子に座って議論ばかりしている者。

一方では政治にまったく無関心な者。空や雲の写真ばかり撮っている者などいろいろで、部としての一体感は失われはじめていた。

そんな時代の波に揉まれて、石山がひそかに好意を抱いていた工藤叶子に気持ちを打ち明けることもないまま離れ離れになってしまったのだった。

彼女との間に生まれた埋めがたい溝に気づいた時はすでに遅かった。

妻との別れの場合と似ているかもしれない。ただ生真面目で、融通のきかない不器用さは、いくつになっても変わらないのだろう。

苦々しい思いを噛みしめながら、重い足取りで歩き続ける。

あの日、部室で口火を切ったのは、デモ現場から戻ってきた工藤叶子だった。

「私はもう、この戦いを単なる被写体として撮り続けられなくなったわ。ファインダーを覗いている自分の目が燃えあがりそうで怖くなる」

「写す者と行為する者の間には、厳然とした一線があるものな」

「だからこそ客観的な写真が撮れるんだ」

「報道写真とはそういうものじゃないのか」

叶子の言葉を受けて、夕闇迫る狭い部室でほのかに顔を浮かびあがらせながら各自が、熱く語っている。

石山は片隅で、仕上がったばかりの自分の写真にカッターをかけながら耳を傾けていた。

「あなたはどうなの、石山君」

いきなり、叶子が鋭く問いかけてきた。

「簡単に割り切れない難しい問題だよね」

「それが答えってわけ」

いつになく挑みかかるような口調に反発して、石山も皮肉な声で応じた。

「キャメラを持って走りまわっている自分と、目の前の群集とのかかわりがわからなくなる時が確かにあるよ。そんな曖昧さを否定しようとは思わない。むしろそこから出発すべきだと考えたいね」

「曖昧さの肯定なの。日和見なの」

石山が一度も見たことがない強い光が目から放たれている。

鈍い痛みが走った。

いけない、気を付けろ。

彼女に嫌われてしまうと思いながらも、言葉を抑えられなかった。

「怒濤のような流れに身を投げ入れたら、見えるものも見えなくなる。撮れるものも撮れなくなる。球体の中に入ってある一面だけを見つめるのか、外側から球体全体を見つめるのがいいのか、どっちだろう」

自分の考えをきちんと表現できたか自信はなかった。言葉を費やせば費やすほど、石山の中の曖昧さ、いい加減さが露呈してきそうでもあった。

叶子との一対一の議論は避けたかったので、彼女から目を逸らし、ほかの部員たちの上に視線をめぐらした。

煙草の煙が立ちこめ、どの顔も歪んで見えた。

「中立の立場からの写真なのか」

「中立なんてものがあるのか」

「理屈じゃない。臨場感ある写真を撮る。それが客観的な事実であり、真実なのだ。それを世に問う」

「真実とはなんだ。自分の立場や主張を明らかにせず、ただ撮ろうなどとは、おこがましい」

青臭い論争ではあったけれど、みんな真剣ではあった。

叶子はしばらくむすっとした表情で座っていた。

だがやがて抑えきれないといった声で、口をひらいた。

「中立とか客観的とかって、どういうことなのよ。単に対象を撮るだけなら、風景やポートレートを写すのと変わりはないじゃない。政治問題なら、撮影する側の思想を訴えてこそ意味があるんだと、私、思い至ったのよ」

石山は腕組みして叶子の言葉をきいていた。

すでに二人の立ち位置が微妙にずれてきていることにいやでも気づかされていた。

写真部のキャプテンを務めている石山には叶子との距離感だけではなく、部員達の気持ちを可能なかぎりまとめて、恒例の大学展へ参加しなければならない責務があった。

各々が自由に行動するのか、それなりにまとまってこの政治の季節をきちんと作品にして、大学展に臨むのか。

石山は自分なりの考えを口にした。

「あくまで闘争に巻きこまれない立ち位置で、大学展に向かっていかないか……」

電気をつけ忘れた部室の中で、誰もが自分の内側と向き合って押し黙っていた。

薄い壁を隔てた暗室から、議論に加わろうとしない部員のごそごそと動きまわる靴音だけがきこえてくる。

「今は写真よりも戦いだ」

一人の言葉で座の空気がピンと張りつめた。

それだけいうと彼は、部室を出ていった。

引き止める者はいなかった。

続いて二人が出ていった。

叶子はどうするか。息を殺して見守ったが、彼女は俯いたままだった。

その夜、叶子を家まで送っていった。

二人は電車に乗ってからも殆ど口をきかなかった。ドアの前に少し離れて立ち、互いの方を見ないで走り過ぎる窓外の夜の街に視線を流していた。

先刻までの激しいやりとりが頭を一杯にしていた。同じ議論を繰り返すには疲れすぎていた。

それ以上に、自分の気持ちを喋ったりすることで、彼女との距離が一層ひらいてしまうことが怖かった。

女子部員が少なく、キャプテンという立場からも、必要以上に近づくことは、憚られ、二人だけで話ができるのは、同じ方向に帰る電車の中と家に送るまでの限られた時間しかなかった。

その夜も、駅から十二、三分の叶子の家までの道を黙りがちに歩いた。

家の明かりが遠くに見えてきた時、叶子がふっと吐息のように洩らした。

「人って、わかり合っているつもりでも本当はそうではないのね。孤独なものなのね」

寂しさが声にこもっていた。

石山は息をこらした。暗くて表情までは窺えなかったが、勝気な叶子の言葉とも思えなかった。

話すべきことが沢山あるはずなのに、なに一つ言葉が出てこなかった。

石山としては、四年に進まずに働くつもりだったので、最後となる大学展に真剣に取り組み、成功させたいのが本音だった。

しかし、そんな自分本位の願望が容易に通じる社会情勢ではなかったし、勿論、叶子にも押しつけられるものではなかった。

人と人の距離は、とてつもなく大きいのだと、石山にも痛いほどわかっていた。

「あなたの大変な事情もわかっているの。でも……」

足元に視線を落としていた叶子が低い声でいいかけて、最後の言葉は飲みこんだ。

二人でいるだけに孤独感は一層身にしみた。

家の門の近くまできた時、「ありがとう」と叶子は頭を下げて、離れていった。

後ろ姿は寂しげだった。

かぎりなく遠ざかっていく……。

腕をつかんで引き戻したかったが、一歩も足が動かなかった。

放射状になった黄金色の雲間から落ちていた夕陽が、やがて紅く色合いを変えていくと、水平線上にバラ色が燃え立った。通りかかった船も紅く燃えあがり、暮れかけた別の空間へと滑り去っていく。

間近の波に目を移すと、そこもやわらかなバラ色に染まっている。

夕映えの波を踏んでみたくなった。一歩踏み入れると紅い影はさっとひく。もう一度近寄ると影もよける。幾度繰り返してもからかうように波は先へ先へと逃れていき、捉えようのない幻影のようだった。

工藤叶子は部室に姿を見せなくなった。

半分ほどになってしまった部員たちと、石山は大学展への準備を進めていった。

そんなある日のことだった。

部室と図書館の間にある洗い場にしゃがんで、水中に浸した出来上がったばかりの四つ切り写真を眺めていた。

大写しになった子供のあどけない瞳が、水に濡れて一層、艶やかに輝いている。世の中の喧騒とは別に、ここにこそ希望と命の真実があると、石山はその瞳の中に吸いこまれながら考えていた。

叶子の家の前で別れて以来、デモ現場からはなれるとすぐに子供を探しては必死にキャメラを向けていた。

無限にひろがる未来を感じさせる彼らを撮らずにはいられない自分がいた。

そんな、写真の角をおさえて水中でゆすった。

放課後の静けさの中で、蛇口から細々と流れ落ちる水音だけが絶えることなく続いている。

一年中で一番日の長い季節だったが、今しがた、図書館の入口に吊るされた角燈に灯りがともった。

この静寂さの外で吹き荒れている大きなうねりがあるのが嘘のようでもある。

こんな所で今、俺は、こんなことをしている……。

割り切れない忸怩たる思いも蠢く。

家を出る時、母が必ず声をかけてきた。

「デモには行かないで。危ないことは駄目よ」

強い力のある言葉だった。

近づいてくる足音に振り返ると叶子だった。

石山は咄嗟に身をかたくして、水から写真を引きあげて、目の前にかざした。

「これちょっと粒子が荒れてるけど、シャッターチャンスやアングルは悪くないだろ」

狼狽を隠すためだった。

「今、アングルだとか粒子だとか、私にはどうでもいいことだわ」

皮肉な口調にたじろいだが、石山は無言のままで写真を水中に戻した。

「もう、なにもかも嫌になってしまったの……。だから……」

そこで言葉を途切らせて身を翻そうとした叶子が、ふと動きを止めて顔を向けた。

「ねえ、石山君……」

小さく呼びかけた。

「えっ、なに……」

反射的にきき返していた。

「……ごめん、なんでもないわ……」

そういい捨てると、叶子は風のように去っていった。

深い敗北感が石山を襲った。

それきり工藤叶子に会うことはなかった。

田舎に帰った、という噂だけがきこえてきた。


夕闇が迫ってきた。

ヨットを片づけ終わった若者たちが輪になって話しこんでいる。

風が強まり、うねりも出てきて海全体が無気味に勢いづいてきた。

今しがたまで砂浜だった所が、寄せてきた波の返らない深みへと変化していく。海の底知れないエネルギーが押し寄せてくる。

遅れて着いたヨットが帆をあげたまま、波打ち際でかすかに踊っている。

たっぷりしたセーターを着こんだ若者がひとり、船の上に腰かけて海を見つめている。

心もち背をまるめた男のシルエットに、学生時代の誰彼の姿が重なってくる。

彼らはその後、どんなふうに生きたのだろうか……。

あの時代でなければ、工藤叶子と行き違うことはなかったかもしれない……。

いや、そんなふうに考えるのは卑怯だ。

彼女との別れは時代のせいばかりではなく、二人の幼さのせいだったような気もする。互いの気持ちや考えをもっと率直に語りあえなかったのは、若さゆえの偏狭さや羞恥心などからだったにちがいない。

だからといって時代が違い、もっと大人になってからの出会いだったとしても結果はあまり変わらなかったかもしれない。俺が俺であるかぎり。妻との別れがそのいい例だと、石山は独りごちた。

工藤叶子が去ってしまった寂しさを埋めてくれたのが、江橋恭が写す蜻蛉《かげろう》のように儚げな美しい少女、佐倉玲子だった。

現実の女に向き合う自信を失った石山が次に心を囚われたのは、写真の中の少女だったのだ。

それ故に彼女は汚れのない昔の面影を宿したままの存在として、忽然と石山の前に姿をあらわしたのかもしれない……。

心弱ってきた者の一種の退行現象なのか。

それとも「ハリウッド」のマスターの原節子への一途な思いに誘発されて、遠い昔の幻が呼びさまされてしまったのか……。

すっかり日が落ちると、耳馴れない音がくぐもってきこえてきた。

いつしか若者たちはいなくなり、一人だけ取り残された。

灯台に灯が入り、時折さっと円を描いて小さな光の雫を振り落とした。

湾曲した海岸線に連なって輝き出した町の明かりを見ると、石山の侘しさが募った。

灯の下で息づいているさまざまな人間たち……人の数だけの人生がある。

自分だけがどこにも通じようのない穴の中に落ちこんでしまっているようだった。

砂浜を後にしてバス停まで歩いた。

やってきたバスに乗りこむと、湿っぽい人いきれが立ちこめ、乗客達の話し声が、途切れ途切れに低く聞こえてくる。

寺での情景も、海での感傷も、すべて幻だったような、今ここに何事もなさそうに座っている乗客達の方が夢の中の存在のような、妙に曖昧な気分のまま、後部座席に腰をおろした。

するといっとき前まで聞いていた波の音が、耳の底でかすかに鳴り出す。

佐倉玲子は、石山が途中で諦めた写真という夢の一部でもあったのだ……。

鎌倉駅前でバスを降りると、西の空が暗い橙色の紙を一面に貼ったように染まっていた。海辺ではすっかり日が落ちたのに、ここではまだ残光がとどまっている。

その平面的な空を背景に、同じく切り貼りした絵のような山並みがぼんやり浮き出している。

俺の居場所はどこなのだ……。

帰るべき先は……。

暫しその場に佇んでいたが、やがて気怠い体を引き立てて、暮れゆく街の雑踏の中へと紛れこんでいった。

第七章

石山了は運ばれてきた白い陶器の中の珈琲に目を落とした。立ちのぼってくる深い香りが心の芯にまで届き、日々の孤独をいやしてくれるようだった。

この店の珈琲の香りと味わいは、店主が醸し出す不思議な世界への入口でもあり、媚薬でもあるのかもしれない。

店主と映画を見て語り合い、「なるほど」と頷きながら驚いたり感じたりする愉しいひとときも、外へ出て歩きはじめるとそこでの情景や言葉の数々がじょじょに遠景化していってしまうのだ。

店内での異空間も店主の存在もまるで夢か幻かのように薄れていき、外気が石山を現実の世界へといっきに引き戻してしまう。

それに抗うためには、足繁く通うしかないと思い定めて、石山は連日のように訪れるのだった。


今日も客はいなかった。

カウンターの奥で店主は映画を見ていたが、石山が入っていくと「いらっしゃい」といつものように明るく出迎えた。

珈琲を頼むと、石山はさっそく切り出した。

「ねえ、マスター、いつだったか、子供の時にはじめて原節子と出会った瞬間の話をしかけたことがあったよね。ちょうどお客が入ってきて、それきりになってしまったけど……」

「ああ、そうでしたね」

打てば響くように答えた。

「差しつかえなかったら、続きを聞かせてほしいなあ」

「いいですとも。原節子に関することならいつでも、どんなことでも」

そういうといそいそとカウンターの中に戻り、珈琲を淹れはじめた。よい香りが広がり、椅子の背にゆったりもたれた石山は、うまい珈琲と面白い男との出会いにささやかな仕合わせを感じていた。

運んできた珈琲を出すと、店主は斜め前の椅子に腰をおろした。

「あれは小学校二年生の時でした」

遠くの世界へ思いを馳せるようにして語り出した。

「あの日も、学校でいじめられて、家に逃げ帰ろうとしていました。その途上にある文房具屋の前にさしかかった時、突然足が動かなくなったのです。いつもは薄暗い軒下が輝くばかりに明るかったのです。壁に貼られたポスターからあふれ出る光のためでした。ポスターの真中に立つひとの頭上に、なんと、後光が射していたのです」

その時の驚きと高ぶりが、こちらまで伝わってくるようだった。

「後光が……」

石山は声をあげていた。

「そうです。眩しい後光でした。はっきり見たのです」

「それにしても、後光とはねえ……」

いかにもオーバーではないかと、石山は思った。

「信じられませんか、僕の話が」

石山の胸のうちを見透かしたように、切り返してきた。

「いや、そうとまではいってないけどね」

歯切れわるく口ごもるしかなかった。

「幼い頃から沢山の映画を見てきました。沢山の美しい女優も見てきました。でもそれらとはまったく次元のちがう、唯々、神々しく輝くばかりの美しさでした」

「スター独特のオーラでも出ていたのかなあ……」

なおも半信半疑のままだった。

「やっぱりあなたも、信じてくれませんね」

残念そうに立ちあがると、店の奥の衝立の陰に入り、分厚いスクラップブックを抱えて戻ってきた。

「これを読んでください」

真剣な眼差しが向けられ、スクラップブックが差し出された。

その気魄と、石山自身の好奇心にも押されて、受け取っていた。

「実際いろんな人が後光を目にしているんです。僕なんかが百の言葉を並べるより、何倍も原節子の魅力が的確に表現されています」

一頁めの切り抜き、『近代映画』（昭和十六年十二月号）に目を走らせた。

――幾ら讃めすぎても讃めたりない。こういう女が吾々の種族のあいだから生まれて来たことが、不思議である。奇蹟の感を与える。

原節子の美しさは、世の常のものではない。それは、女の上につねに美を索《もと》めながらも彷徨をつづける男の胸に、永遠の憧憬を喚《よ》びおこすのだ。然し、それは男の心に欲情の対象となる女ではない。一種の宗教的驚きと、恍惚の状態を起こさせるのだ――

次の頁の関川夏央の文章にも目を走らせた。

――原節子は存在自体が才能であるという、たぐいまれな女優であった。女性の神聖さを肉体そのものによってあらわした奇跡のような存在として人々に衝撃を与えた――

更に頁を繰る。ある監督の話として、撮影所の廊下を歩いてくる原節子に眩しい後光が射していたという光景が、詳細に記述されている。

男たちの強い憧憬の念が、紙面から熱く立ちのぼってくる。

「あの大監督の小津でさえ、彼女とはじめて会った時、『節ちゃんて美人だなあ』と、ぽっと頬を染めたそうです。あながち僕が大仰なわけでも、一人よがりなわけでもないでしょう。他に類を見ないミューズなのです」

　勝ち誇った少年のように顔が輝いている。

「すごいなあ、圧倒されてしまう。一種の信仰みたいなものだろうか……。それとも恋に近いのか……」

「崇め奉っていますが、信仰とは少しちがう。なんと表現したらいいのか。きらめく天啓に打たれてしまったというべきか」

　石山はかつて洗礼を受けた知人が、

《ある時一瞬にして、神の懐に抱かれてしまった。理屈もなにも飛び越えて》

　と打ち明けたのを思い出していた。

「原節子への気持ちを言葉であらわすのは本当にむずかしい。恋とも微妙にちがう。もっと純粋で崇高で、心の根幹に触れてくるような深いなにか……。少なくとも恋の対象としてではなく、遥かに超えた存在……」

　噛み砕いて自分にきかせているかのようだった。

　それからおもむろに煙草に火をつけて吸いはじめ、一歩退いた自分だけの空間に身をゆだねているように口を閉ざした。

石山も煙草を取り出して銜えた。

しばらく沈黙が続いたが、

「ところが奇妙なことに」と店主の声がそれを破った。

「後光だなんだと話してますが、実は、あのポスターに出会った時の衝撃も感動も、中学二年になるまで、一度も思い出したことがなかったのです。六年もの間もですよ……」

「ええ……そんなことがあるの……」

腑に落ちずに石山は首を傾げた。

「そのことに気づいた時の驚きといったらありません」

「……どういうことなの……夢でも見たということなの……」

「いえ、いえ、夢でも幻でもありませんでした」

「いかに記憶というものが曖昧で中途半端なものだったとしてもねえ」

石山は戸惑いを隠し切れずにいた。

「幼い時から、不治の病に侵されていたという話はしましたよね」

「ああ、きいているよ……」

急な話の展開で、先が読めないままにぼそりと答えた。

「その日も床についてうつらうつらとしていました。そんな時、急に鳥のするどい鳴き声がきこえてきたのです。窓の外に目をやると、庭の立木がゆれて枝からなにかが落ちていきました。鳥でも木の実でもない、なにか得体のしれないものが……。ああ、とうとう自分の寿命が尽きる瞬間の前触れがきたと思いました。覚悟を決めて目を閉じると、瞼の裏側で過去に見た沢山の映画の断片が脈絡もなく、走馬灯のようによぎりだしたのです。死ぬ間際には一生分の情景があらわれてくると聞いたことがあったなと思い出しました」

石山はじっと耳を欹《そばだ》てた。

「すると通り過ぎていく映画の断片に紛れて、一枚の絵のようなものが浮かびあがってきたのです。なんだろう……、これは……。意味ありげに、じらすように招き寄せるように浮かんでいる」

巧みな語り口にひきこまれていく。

「僕は小さい頃から近未来が見えることがあるのです。そんな現象の一つかと思った瞬間、一条の光が射しこむに似た素早さで、すべてが鮮明になったのです。それは絵ではなく、映画のポスターでした。子供の頃に出会った、あの眩いばかりに輝いていたポスター。この写真の前で呆然と立ち尽くしていた幼い自分の姿までが蘇ってきたのです」

幼い少年の姿が、石山にも鮮明に見えてくるようだった。

「僕はベッドから飛び出し、居間の本棚に走り寄りました。父親が取り揃えていた、古い映画雑誌を片端から引き抜き、次々と頁をめくっていきました。そして見つけたのです。あのポスターを。小津安二郎監督の『東京物語』。主演、原節子。はじめて原節子の名が明確に意識の上に躍り出た瞬間でした」

と男は語り終えた。

「それは、それは……」

石山は二度繰り返していた。

「それまでに彼女の映画は何本も見ていました。初期のドイツと合作の『新しき土』だって」

「それなのに、なぜ……」

「そうです。それなのになぜ、です。あのポスターの原節子とほかの作品の原節子が結びついていなかった。まことに不思議なことに」

「そんなことがあるのだろうか……」

信じがたいことだった。

「後光に目が眩んで、別次元へ運ばれてしまったんでしょうね、幼い日に出会った原節子があの日以来ずっと僕の胸の裡《うち》に住み続けていたことになります。意識するしないにかかわらず。今に至るまでずっと……」

「生きていく上で、無意識なものに知らず知らずのうちに支配され続けることがあるのだろうか……」

「そうだと思います。子供の時に刻みつけられたものによって、性格も人生も支配されていく。そして時を経て、あるとき不意打ちのようにそれに気づかされる。或いは死ぬまで気づかずに翻弄され続けていく」

「意識上のことなど、無意識の世界の深さ広さにくらべれば、海面に突き出た氷山の一角にしかすぎない」

時折り感じている、自我というものへの疑問が、石山の口をついて出た。

「理性だなんだといって、所詮は後から学んだ知識や体験であって、潜在意識の持つ力の方がよほど強いと思うことがあるよね」

「たしかに」

頷くと同時に、男は煙草に火をつけた。

「それにしても六年もの空白の後で突然、蘇ってくるとはねえ……」

石山も煙草に手を伸ばしながら応じた。

「人生って面白いもんですよ。死と隣り合わせだった少年がこうやって五十歳過ぎても生きていて、原節子、原節子とうつつを抜かしているんですからね」

男はちょっと頬をゆるめた。

「原節子の存在を明確に認識できた日から、これまでとちがう日がはじまるという予感がしました。そして実際に信じがたいことが起こりました。紫斑病の特効薬ペニシリンが作られたのです」

「ペニシリンかあ……」

「僕の前にも生への道がひらかれたのです。いきなり死神が遠ざかっていったのです」

「素晴らしいことだねえ」

石山の相槌を半ばきき流すように続けた。

「まわりの大人たちのよろこびようは大変なものでした。でも僕自身は半信半疑のままだった。こんな薬はいっときの慰めでしかない。どうせ再発するだろうと。突然に訪れた現実に戸惑う気持ちの方が強く、素直になりきれなかった」

「わからなくもないなあ……」

「いくらまわりから未来に希望をもて、勉強しろといわれても、斜に構えたままでした。それでいて、これまでの殻を破って外へ出たがっている自分もいるにはいました。前向きであろうとする自分と、そうでもない自分がいて落ち着けない。希望でも絶望でもない、どちらつかずに漂っている居心地のわるさ」

当時を振り返ったことによる辛さのようなものが、滲み出ている。

「誰でも生きていく上で、ある程度の不安は抱えているものでしょうが、僕に巣喰っていたその量は、おそらくふつうの人よりもずっと多かったでしょう」

「そうだったろうねえ」

石山は相槌を打った。

「せめて二十歳くらいまでは生きられるのか、もしかしたらもうちょっといけるのか……そんな不安とかすかな希望を計りながら日々を送っていました。

自分の寿命を小刻みに区切って考えるというのは相当に気味のわるいものです。もっとも、そうした性癖は未だに消えずに、明日よりも今日といった感覚で現在も暮らしていますが」

深刻な話のわりには、どこか他人事のような調子でもあった。

「若くして達観していたのか」

「いやあ、そんな格好いいもんじゃなくて、ただの諦めか、極楽トンボなのでしょう」

「諦観と達観は根が一つなんじゃないのかな」

「そんなふうに突き詰めたことはないですが、ただある時期、少しは、生きるとは死ぬとはなんぞやと、考えたことはあります。哲学書や心理学の本などに手を伸ばしたりも」

「それでなにか答は得られたのかな」

興味半分、揶揄半分でたずねた。

「いやあ、そんな乗りでつい、哲学科に進んでしまったんですよ。可笑しいでしょう。言っていることとやってることがちぐはぐで……。もっとも世の中で一番役に立たなそうな学問を選んだと、自分にエキスキューズしてましたけどね。なにしろ万事に天邪鬼なんですよ」

苦笑まじりに述懐した。

直感だ、流れのままだと茶化していても、本来、生真面目で思索的な人間にちがいないと、石山は推察していた。

「いろいろ勉強しましたが、結局僕の人生の師は映画だったと認識をあらたにしただけです。友達もなく、狭く息苦しい毎日の中で映画だけが夢中になれるものでした。数々の名画から多くのことを教えられ、その感動が血となり肉となって僕を作ってくれたのです」

多くの余韻を残して、言葉を内側に吸いこんだ。

「その中心にひときわ輝く存在として、原節子がいたのだねえ。すべてはそこに繋がっていく……」

石山の中で長らく錆びついていたある種の感性がゆり動かされていた。

「僕の前途にはじめて灯った唯一の明かりが、原節子なのです」

そこで口を閉ざすと真空のようになった空間に、意識だけの存在のように身動きしなくなった。

石山はその姿から目を逸らし、窓の外に目を向けた。

しばらくして、店主が再び口をひらいた。

「原節子の存在をはっきり認識してからというもの、彼女の出演作のビデオを探しては手に入れました。『東京物語』などは何百回となく、繰り返して見ました。台詞も表情も情景もすべて刻みつけました。眠る時間は三時間、食事は一日一回と決めました。原節子と映画さえあればなにもいらない。生きていける」

「すごいもんだねえ……」

自分には真似できない生き方を現実にしてきた男を目の当たりにしている。

新鮮な驚きと同時に、他者の心の奥深くまで覗きこんでいるようなうしろめたさと、畏れさえおぼえた。

石山の心のうちなど構わずに、更に言葉が続く。

「実際に特効薬が効いたのか、高校生になると体力もつき、アルバイトさえできるようになりました。目的は金を貯めて、『東京物語』の舞台となった尾道に行くことでした。その地で紀子役の原節子に会えるかもしれないと、儚い幻想を抱きながら」

映画のロケ地をさまよう若かりし頃の男の影絵のような姿が、浮かんできた。

「それにしても……」

急に口調が変わった。

「あの小学校一年の時に見たポスターの中の原節子と、他の監督たちの作品で見ていた彼女が、なぜ、僕の中で一つに重ならなかったのか……」

自分へとも石山へともつかない問いかけ方のようだった。

「なぜなのか……」

石山も是非とも知りたいと思うところだった。

「それがある時、謎が解けたのです」

ちょっと得意気な表情を浮かべた。

「謎が解けた……」

思わず身を乗り出していた。

「わかってみれば簡単なことでした。黒澤明や他の監督の原節子と小津の原節子は、まったくの別人なのです。小津の世界の原節子は彼女の本質に近いより素に近いものを見せているのだと、はっきり気づいたのです」

「たしかに『白痴』の原節子と『東京物語』の彼女はまったくちがう印象だ。いくら役者として演じ分けているとしてもだ、やはりちがう。それにしてもなぜだろう」

石山も事の真相を追うような気持ちになっていた。

「ですよね。前にもお話ししたように、小津は原節子にはあまり演技をつけなかったといわれてますが、まさにそういうことなのですよ。彼女の本質、人間性そのものを引き出していたということです。そこが他の作品と原節子がまったく違って見えたということなのです。そこだったのです」

強調するように繰り返した。

「なるほどねえ。いわれてみればよくわかる」

「小津生誕百年を迎えての、二〇〇三年六月六日の朝日新聞夕刊紙上で、山田洋次と佐藤忠男が対談で語り合ってます」

――小津の演技に対する考えは、俳優にとって大事なのは上手に芝居することではなくて、存在そのものなのだということです。人間として背負ってきた人生、教養、性格が魅力的でなければ意味がない。監督はそれを引き出して撮るんだと。煎じ詰めると、俳優はなにもしないでそこにいるだけで素晴らしいということを求められる。これは俳優にとって恐ろしいことです――

「すごい話でしょう」

嘆息まじりにいった。

「確かに怖い話だ」

「俳優だけのことではなく、誰にとっても身につまされる話ですけどね」

石山はあらためて、壁面一杯の原節子の写真を見上げた。深い神秘的な眼差しがどこか一点を凝視している。

石山はふときいてみたくなった。

「陳腐ないい方だけど、原節子は花に例えると、どんな花だろう」

「エキゾチックな容貌と華やかな笑顔はそれだけで絵になる。だからこそスターだったと、写真家秋山庄太郎はバラの花に例えました」

「薔薇か……白い大輪の薔薇……」

「しかし僕にとっては、彼女はこの世に存在する花ではなく、天上で咲く唯一の花だと思っています」

きっぱりと自信にみちていた。そして、自分の言葉に酔ったように陶然となっている。

石山はそっと煙草に手を伸ばした。

いつの間にか日が翳り、店内が薄暗くなっていた。

ライターを出しかけた時、ガラス扉に人影が見え、客が入ってきた。
店主が瞬時に反応して、いつもと変わらない雰囲気で出迎えている。
むしろ石山の方が、いきなり異空間から引きずりだされたように腰を浮かしていた。

第八章

今日こそ、妙本寺であのひとに出会えないかと足を運んだが、願いは叶わなかった。失望感が石山の気持ちをおのずと、「ハリウッド」へと向かわせていく。

店の扉をあけたが人影がなく、音楽だけが流れていた。

不審に思って声を掛けると、右手の壁の裏側が階段らしく、駆けおりてくる足音がした。

「すみません」

詫びながら店主が姿をあらわした。

「二階があるんだ。平屋だとばかり思っていたよ。外からはそんなふうには見えないけどね」

「中二階で狭いので、物置兼仕事部屋として使っているんです」

「仕事って、ほかになにかやってるの」

予想外のことで、きき返した。

「いえ、いえ、ちょっと書類の整理をしてたんですよ。かつて出したヒット曲から入る印税に関する雑務がなんやかやと」

「ほう……そういうこともあるのかあ」

石山の知らない音楽業界の裏側をちらっと垣間見せられたような気がした。

「なにしろこの店では食っていけないので、印税頼りなんですよ。ま、こういう日のために、若い頃にそれなりに働いてきたわけですが」

と笑いながらカウンターの中に入り、

「いつもの珈琲でいいですか」

と念を押した。

「ああ、それで頼むよ」

応じてからあらためてたずねた。

「ここに寝泊りすることはないの」

「それはありませんね。日中はここで、もしやそのひとらしき人影でもよぎるのではないかと胸をときめかせ、夜は夜で、店を閉めてから節子さんの家の窓明かりを確かめて家路につく。そうした毎日を送ってるのです」

「横浜までわざわざ帰るより、この近くに住む方がよさそうだけど」

これまでのいきさつから不思議だった。

「横浜の家は僕にとって特別なものなんですよ。なぜなら、原節子の生誕の地の近くに建てた家なんですから」

「生誕の地……へえ……横浜のどこなの」

出来すぎた話にも思えた。

「保土ヶ谷です。若い頃からよくうろうろしていた場所です。原節子の住んでいた小さな痕跡でもないかと……。そんなある時、近くの土地が売りに出されたんです。もう即決ですよ。グッドタイミングでした。この店とめぐりあった時と同じ幸運に恵まれたのです」

「偶然か、マスターの一念が引き寄せた、まさに必然か……」

「そうですね。二度とも節子さんに呼ばれたと思いました。彼女との間には目に見えない絆があると」

どう解釈すべきなのか、石山は言葉に窮した。

「この店も、保土ヶ谷の家も、節子さんの存在感に包まれている嬉しさがあるのです。彼女と深い繋がりのある土地は空気感が違う。その空気に包まれてずっと夢を見ていたい。僕としては理想的な暮らし方なのです。これ以上の仕合わせはないのです」

「そこまで拘るとはねえ」

原節子への一途さにあらためて驚かされた。

「本人にとっては至極、大事なことですが、呆れられることが多いですよ。でもひたすら我が道をいくのみです」

「すごいねえ。現代にもマスターのような人間がいるとはねえ」

正直な気持ちだった。

「そんなふうにいってもらえたのははじめてです。たいがい薄笑いを浮かべるか、無視するか、変人扱いするか、ただ面白がるか。いずれにしても僕にとってはどうでもよいことですけどね」

あくまで飄々とした様子で珈琲を持ってくると、脇に立って言葉を繋いだ。

「僕にとって一番の問題は、節子さんとの別れの日がいつくるかという不安と惧《おそ》れなのです。年の差がありすぎて、この世で重なり合っている時間はわずかしかない。それが刻々と減っていく。その貴重な時をいっときも無駄にしたくないのです。夜も昼も節子さんを感じていたいのです」

「……切ないねえ……」

哀切さが、石山にどっと押し寄せてくる。

「すべて一人よがりの世界でしかないんですが」

「そういう生き方もありだよ。夢を持っている人間は夢を。芯に尖ったものを持っている人間は尖ったままで。その方がよっぽど格好いい」

折り合いをつけながら生きてきた石山の実感だった。

「好きに生きれば生きるほど、世間の常識とは齟齬をきたす。折り合いをつけることが身につくほど、人間が丸くなったなどと評価する。僕には、マスターのような生き方の方が羨ましく思えてしまう」

ふうっと、自由な世界を求めて出ていった息子の姿が、浮かんでくる。

男のロマン……。

石山が呟くと、店主が慌てて手を振った。

「そんな、そんな。誤解しないで下さいよ。四六時中、節子さんのことだけを考えてるわけではありませんから。競馬にも目がないし」

「競馬……」

意外さにその顔をまじまじと見つめた。

「僕の予想は結構当たるんですよ。相当注ぎこんできましたから。その情報を聞きにくる客も何人かいます」

「競馬ねえ……」

原節子とギャンブル。なんか不釣合いな気もしたが、そんなちぐはぐさが人間臭さを感じさせて、ほっともさせられた。

「これと思ったら、とことん突っこむタイプですからね……」

照れ隠しのように、斜め前の椅子に座って煙草を取り出した。

「いずれにしてもマスターと話していると、驚かされることばかりで」

「そうなんでしょうか……。やっぱり石山さんの目にも変人と見えますか」

笑いを含んだ視線が向けられる。

「いや、いや、驚くといっても悪い意味ではなく、新鮮な刺激を受けられるということでね」

「そうなんですか……」

「話している時は充分わかったつもりでも、一歩外へ出ると理解したなどとはいえない戸惑いが湧いてきたりするんだよ。そこで直ぐ引き返そうとしたこともある。だからこうやって度々通ってくるんだろうな」

通えば通うほど、霧深くに誘いこまれていく不思議な感覚と快感があることは間違いない。

店主は椅子から身を乗り出して、

「実は僕も……」

と切り出した。

「あなたがはじめて店に入ってこられて、原節子の写真の前に立った時、なんだかこれまでと違う時間がはじまりそうな気がしたのです。くるべき人がきたかと……」

「また、奇なことを」

首を傾げるような言葉だった。

「単なる直感ですが、僕は何事もそういった感覚で判断してしまうので、特に節子さんに関することには嗅覚と勘が働く」

「しかし、僕は原節子の特別なファンでもないし」

「写真に目を凝らしてた様子から、普通の見方とはどこか違っていた」

「ああ、それは、この写真の迫力に圧倒されて動けなくなっていたんだよ。若い頃に少々、写真を齧ったことがあるもんでね」

つい弁解がましくなっていた。

「そういうこともあるのかもしれません。でもそれだけではないものを感じられました。そして『心の旅路』のポスターへの強い反応」

「あれはねえ。こんな所で、いや、失礼。こんな思いがけない所であのポスターと出会えたもので。僕の映画好きの原点ともなった作品だからねえ」

「僕にとってもそうなので、だからこそ、この人とならいろんなことが話せると、あの時、強く意識したのです」

「それはうれしい話ではあるけれど、現実は、ただ暇な老人がふらりと立ち寄って、面白がって話をきいてるだけにすぎないと思うよ」

「いや、それはご謙遜でしょう。その証拠に、あなたには警戒心が消えて、なんでも話したくなり、きいてほしくなるんです。自分でもびっくりするくらい饒舌になってしまいます」

「それは僕が相手だからというわけではなく、マスターの心境がそんなふうになってきてるだけじゃないの」

「……そうだとしても、これほど饒舌になれるのは、やっぱり石山さんが僕の心の扉をノックしてくれたからだと思いますよ」

「心の扉をノックする……。うまい表現をするもんだねえ。だが残念ながら、こちらの好奇心が強くてマスターの面白い話をきき出そうと図に乗っちゃってるだけなんじゃないの」

多少反省をこめて苦笑した。

「いずれにしても、これまで直視してこなかった胸の奥のもやもやが、石山さんと話していると絡んだ糸がほぐれていくような手応えがあるんですよ。誰にも語ったことがない本来の自分の姿が鮮明になってくるような」

「己を知る――アイデンティティとは、自分が誰なのかを自分で語ってきかせる物語なのだ――とある精神分析医がいっている。そのためには幼少期からの心の軌跡を恐れずに辿っていく必要がある。己を知りわからせるプロセスとして」

この場に適切な言葉かどうかわからなかったが、石山なりの誠実さで向かおうとした。

「自分が誰かを知るために、過去からの心模様を探る……なるほど……」

男はちょっと思いめぐらすような目をした。

「しかし、僕の物語といっても、毎日、節子さんの写真に見守られて珈琲を淹れ、映画を見ながら好き勝手にお客と駄弁《だべ》っている。ただそれだけの繰り返しの日々ですからね」

半ば茶化したような、半ば自分を揶揄したような口調だった。

「いや、どうして、どうして、もっと深い物語を心の奥に抱えているように僕には見えるけどね」

石山の偽らぬ本音だった。

「やっぱりね、僕が思っている通りですよ。あなたにはなにかを感じ取る鋭さがある。その上、受け入れる許容力もある。僕はそれをキャッチしたのです」

「ほんと、持ち上げすぎでしょ」

面映ゆくなって軽くいなした。

男は急に真剣な表情になった。

「これまで僕は、ただ原節子が好きだ、好きだと、誰彼なしに公言してきました。けれど肝心な、なぜここまで執着するのかということについては、誰にも話したことがありません。不見識でもあり、危険すぎるからです。それだけではなく、自分自身でも半信半疑のままなので……」

その口調には、予測もしない展開が待っていそうだった。

「このところ節子さんの家の窓明かりがつかない日が時折りあるのです。一日か、二日ほどのことなのですが、その度に不安で胸が締め付けられてしまいます。なにか悪いことが起こっているのではないか、入院でもしたのか、などと……」

「だいぶお年だからねえ……」

「そうです。日々、刻々、別れの日が近づいてきている。否定しようもない現実です。でもあまりに辛すぎる現実です。僕の人生を支え、支配し続けてきた人です。その時、僕は立っていることさえ出来るかどうか……」

苦しげに顔を歪めた。

「その時のためにも、もっと自分を突き詰めて立ち位置を決めておかなくてはならない。そうでなければ糸の切れた凧のようになってしまうか、この原節子の写真の前で息絶えて倒れているか……」

石山は黙したままだった。

「それは本望でもありますが、しかし、その前にしなければならないことがある。お前は一体なに者なのだという自問への答と、原節子への執着の原点はなんだったのかを突きとめたい思いがあるのです。しかし残された時間は容赦なく少なくなっていく。毎日追われる気持ちでいる時、あなたが現れた。話をきいてくれそうな方が……」

思い詰めたような表情だった。

「僕なんかでよければ、いつでも、なんでも話して下さい」

心を動かされて、励ますように石山は促していた。

店主はつと立ち上がると、棚の引き出しの奥から一枚の写真を取り出してきて、石山に差し向けた。

「茶色に変色した古い写真ですが、究極的に、これまでお話ししたことのすべてがここに行き着くのです」

気魄のこもった声に、石山も真剣に写真に見入った。

「撮影風景です。『東京物語』の。原節子、小津監督、笠智衆。みんないるでしょう。ほら、この子を見て下さい。この坊主頭の男の子。小さくしか写っていませんけど」

口惜しさが滲み出た声だった。

「この子がどうしたの……」

怪訝に思ってたずねた。

「この子は僕ではないのかと思っているのです」

心に秘したものを打ち明けるといったひそやかな声だった。

「えっ、それはちょっと待ってよ……」

どう受けとめたらよいのか戸惑った。

どこまでが冗談で、どこまでが本気なのか見当もつかない。

「この撮影現場に僕はたしかにいて、一部始終を見ていた。原節子を見ていた」

「しかし、この当時、君は生まれてたの。何歳だったの」

当然の疑問として湧いてきた。

多少のことでは驚かなくなってはいたが、さすがに奇異な感じを受けた。

「ありえない状況のようにも思えるけど」

「それがどうだというのです」

憤然と挑みかかるように切り返してきた。

「時空を超えた空間に僕はいたのです」

突拍子もないことをいい募る子供のようだった。

「遠い過去の風景の中に、僕は確かにいたのです。原節子が歩く時の下駄の音まではっきり耳に残っているのです」

「……映画の見すぎということはないの……」

水を差して悪いと思いながらも、きき直さずにはいられなかった。

男は急に口を噤んでしまい、呼吸の気配さえなくした。

深い沈黙に耐えがたくなり、石山はごそごそと煙草を取り出した。

男二人の心理的な駆け引き、真剣勝負のような趣きさえ漂っていた。

マスターも石山に倣って煙草を口に銜えて火を点けた。

そして、長々と吸いこんでは吐き出していたが、やがて口をひらいた。

「石山さんがおっしゃる通り、単なる映画の見すぎなのかもしれない。或いはこの少年が僕であってほしい。僕であるべきだという切なる願いから生まれた錯覚。妄想にすぎないのかもしれない」

先刻までの意気込みが消えて、自分の中で煩悶し逡巡している苦しさが滲み出ている。

「君の中には、語り尽くせない物語が沢山ありそうだねえ」

煙草をゆっくり消しながら、石山は穏やかに語りかけた。

「そうなんです。わかりますか。さすがですね。やっぱりくるべき人がきたということですよ」

即座に弾んだ声が返ってきた。

この切り替えの早さ、変わり身の早さがこの男の持ち味だなと、石山の頬が思わずゆるんだ。

「核心部分はまだお話ししてないのです。さすがにそこまではと気がひけまして……」

「大丈夫だよ。もう多少のことでは驚かないから、きかせてよ」

「……そうですか、それじゃ思い切って」

ひと呼吸入れてから続けた。

「この男の子がもし僕じゃなかったとしても、原節子とはいつかどこかで出会っていたという確信めいたものがあるのです。勿論、遠い遠い昔のどこかで……」

石山は静かに先を待った。

「石山さん、ロバート・ネイサンの『ジェニーの肖像』という小説をご存知ですか」

「題名はきいたことあるけど、読んだことはないなあ……」

相手の期待に応えられない残念さがあった。

「一度、是非読んで下さい。映画化されてますが、本はすでに絶版になってるかもしれない。どこかで手に入るかなあ……」

「どんな作品なの」

「はじめて読んだ時、まさに僕の世界、人生そのものだと思いました。自分ではうまく言葉で表現できないすべてが、そこで語り尽くされていると感動したのです」

「君の世界が……それは興味深いね、是非、読んでみたいものだ」


——一九三八年の冬のある夕刻……

と突然、男は語り出した。

……一人の売れない画家が芸術家としての苦悩を抱きながら、セントラル・パークを通って家路を急いでいた。

黒っぽい並木と湿った空気があたりに漂っているだけで、町のざわめきは遠のき、夢の国の道を辿るように歩いていた。いつか体が軽く浮き上がるような感じがしていた。

その時、小さな女の子と出会った。流行遅れの古いコートを羽織り、ボンネットをかぶっている少女は、以前どこかの美術館で見た古い絵の中の少女に似ていた。

まわりに人影はなく、一人ぼっちで物音も立てずに石けりをしていた。

「ずいぶん遅いけど、帰らなくていいの」と画家は声をかけた。

「うちに帰っても誰もいないから」と答えると、ジェニーと名乗った少女が歌を口ずさんだ。

どこからきたのか　だれも知らない
どこへ行くのか　みな行くところ
風は吹きすさび　海はめぐる

けれど誰も知らない

この歌に触れた時、僕は強く胸を突かれたのです。なぜか僕自身のことを歌われている気がしたのです。

――やがて夕暮れの気配が濃くなり、霧と静寂がみちてきました。まるで夢の国の間口に立っているようでした。

あまりの寂しさに少女に声をかけました。

「さようなら。僕はもう帰るからね」

すると少女が言いました。

「わたしが大きくなるまで、あなたが待ってくれますように……」

謎めいた言葉を残すと、どこへともなく戻っていってしまった。

画家は一人になって考えました。

人が成長するのを待つなんていうことは出来はしない。人間はみな、一緒に成長していく。子供の時は一緒に子供であり、老人になるのも一緒だ。

画家は身震いをして、ふと誰かに哀しい昔話を聴かされたように沈んだ気持ちになってしまったのです。

その日以来、時折りふっと少女は画家の前に姿をあらわすようになるのです。出会う度に成長していて、たちまち成人となり、やがて時を超えて二人の恋がはじまりました。

けれど彼女はすでにこの世の人間ではなかったのです。魂だけの存在だったのです。画家はそのことに漠然と気づきながらも、惹かれていきました。

だがやがて別れの日がやってきます。

荒れ狂う嵐の海で、魂の本当の死をジェニーは迎えたのです。

十数年前に実際に、ジェニーが嵐の海で死んだ時のように……。――

語り終えると、静かに石山を見つめた。

「時というものを超えて、この世とあの世を超越して、魂と魂が触れ合った物語です」

石山は深く頷いた。

「ただ、僕の場合とちがうのは、幸いにも節子さんはまだこの世に存在していて、この近くにいて、多少なりとも時と空間が重なり合っていることです」

「それはとても貴重なことになるね」

「『ジェニーの肖像』では、幼い少女がどんどん大きくなって追いついてくるのに、節子さんの場合はどんどん年を取っていってしまうのです。とても哀しい現実です」

隠しようのない哀しみがあふれ出ている。

「この小説が他人事とは思えず、胸が締めつけられるのです。やっぱり節子さんも、かつて僕と深くかかわり合ったひとなのではないか。なんらかのご縁で結ばれていたのではないかという奇妙な感覚があるのです」

「……幾層にも重なりあった記憶の襞に刻まれたご縁……」

石山は相手の言葉を少しでも手繰り寄せようとした。

「ただの憧れなんかではなく、もっと深い思いがけない意味が秘められているのではないか。そんなふうに感じる自分がいるのです」

「なるほど……そうした自分がいる……」

深く頷いた。

「それともただのファン心理が高じた病的な妄想にすぎないのかもしれない……、そこがどうにもわからないのです。もどかしいのです」

いい加減ないいまわしや曖昧さは通用しないと、石山は感じたままを口にすることにした。

「かつて愛した魂が君の中に棲み続けていて、どうしても追い求めずにはいられない……。そう運命づけられている……」

男の目が一瞬きらっと光ったが、なにもいわなかった。

「そうとでも考えなければ、辻褄が合わないと……」

「時というものを超越して、過去と現在がどこかで交錯しているような辻褄の合わなさは、たしかに僕の中に常にあります。生と死の間を往き来してた幼少期と、映画の世界と現実の世界の境界さえ曖昧になってしまう不確かさの中で育まれてきたおかしな感覚なのかもしれませんが……」

「話をきけばきくほど、僕も不思議な感覚に捉われていくよ」

石山は応じた。

「自分でも戸惑っているのですから。それでもいつかきっと、霧が晴れるようにすべてが明らかになる日がくるのではないかと願っているのです。気は確かかといわれてもおかしくない話に、石山さんはいつも耳を傾けてくれる。僕本人さえ気づいてこなかったことにさりげなく触れ、なにかを引き出そうとしてくれる」

「それはマスターの人柄からくるものでしょう。とても正直で真実なものに向き合わせてもらっているという気持ちと感謝の念さえ、僕は持っているよ。こんな世知辛い世の中でね」

「ありがたいことです」

穏やかに微笑むと、急に、口調を変えて一気にいった。

「原節子が結婚しなかったのは、実は僕がいたからではないかと……」

石山はぎくりとして、わずかに体が揺れたようにさえ感じた。

「ここまでくると、さすがに病的と思われるでしょう。でも、これが本音なのです。核心なのです。どう思われようとも、あなただけにはきいてもらいたかった。誰かにこの言葉を残して記憶に刻んでおいてほしかったのです。この世から消える前に……」

「なにをいってるの。君はまだ若い。僕なんかよりずっと若い」

ほかにいいようもなく、そんな言葉を重ねていた。

「そういう問題ではないんですけどね」

男はちょっと笑った。

「そんなことは充分わかっていることではあるけどね……。しかし、まるで小説か映画の世界にでも連れこまれたような気もするなあ」

男はどこか遠くを見つめる眼差しをして、なにもいわなかった。

石山は棚の脇に貼ってある『心の旅路』のポスターに視線を向けた。

「この映画も、二度の記憶喪失の間に生まれた、悲しみと深い愛の物語だったよねえ。君の話をきいていて、あらためて思い返されてくる」

――あなたの愛も喜びも、空白の過去に埋もれてしまって。

唐突に、映画の中の妻の台詞を、男は口にした。

――それはちがうな。過去にいた誰かを思い出せそうな感じ。いつか探し出せそうな感じ。説明できない感覚があるのだ。

夫の台詞が続き、

――そのひとの近くにいたり、すれちがっていたかもしれない。

と妻が訴える。

幾度となく繰り返し見たであろう映画の台詞を、切々と続ける。

そんな男に向かって、なにかを語りかけずにはいられなかった。

「今、僕がいえることがあるとすれば、君は、一途な少年の心を失っていない、純な魂の持ち主なのだということを、あらためて認識させてもらったということだ」

ふっと安堵したような表情が男の上に浮かんだ。

「君に感じる純なものを、僕は原節子にも感じることがある。彼女の浮かべる謎めいた微笑と眼差しは、俗世ではないどこか別のところを見ていると。そんな魂の存在があると……」

「魂の存在……」

「肉体を持って生を受けていても、犯しがたい神秘性を宿した魂は、やすやすと現世を超えられる。そんな稀有な女優が原節子である。そして、同じ質の魂を持つマスターが響き合っていく」

男は黙って耳を傾けている。

「前世か、どこかでご縁があったのかどうかは、僕にはわからないが、彼女とマスターの間には、時間や空間を超越して通じ合う同質の魂の交流があるのかなと……」

「考えてみたこともなかった……」

戸惑いとよろこびが入り混じったような声だった。

「こじつけに過ぎないかもしれないけどね……」

過剰な解釈をし過ぎているかなと内心反省しながらも、当たらずとも遠からずで、あながち間違っているとも断定できない気もする。

「魂が交感する時に、幻想を見たように思えたり、夢のように思えたり、記憶の断片の浮遊のように感じたりするんではないだろうか。それは似通った魂が呼応し、触れ合う瞬間なのかもしれない。彼女を求めずにはいられないのは、同質なものへの共鳴ともいえなくはない。穿ち過ぎかな」

「石山さんは詩人なんですねえ……」

半ば感嘆したような声だった。

「とんでもない。俗世間にどっぷりつかって生きてきたおじさんだよ」

張り詰めた空気を破りたくて、石山は声にして笑った。

「たしかに原節子をまともに正視できたことはないのです。子供の時にはじめて見たポスターの時も、この地で車に乗りこむ瞬間に出会った時も、庭の片隅に立っている姿を目にした時も、アッと思った瞬間にすべてが真白に発光してしまい、まったくなにも見えなくなってしまうのです」

「それはすごい。真白に発光して、まばゆすぎて見えなくなる」

「おっしゃるように、僕にとって彼女は生身の存在ではなく、眩い光なのかもしれません。現実にまともに見てはいけない存在」

「そうした存在も、あるのかもしれないねえ……。君のような人には……」

羨ましいような話でもある。

「前にもお話ししましたが、僕は現実にありえないことを期待し、追い求めて生きているだけなのかもしれませんねえ……。つまり、原節子や小津のいる世界に憧れていつかそこに帰りたい、帰れるのではと。今そこにあるものではなく、かつてそこにあったものに捉われ続けて生きている。いかにもそこにいたかのような錯覚とともに……」

胸底を探り、なにかをたぐり寄せようとしているかのようだった。

石山の前に、妙本寺の祖師堂にいた女の姿が再び鮮やかに蘇ってきた。

佐倉玲子。

あの時、確かに彼女はいた……。
今ではない、過ぎ去った過去に戻れるものなら戻りたいと願っている自分がいる……。
目の前の男の自由に飛翔する魂のように……。

あとがき

杉本晴子がこの本で伝えたかったこと、それはそれぞれの登場人物に纏わる既視感や、時空を超えた魂の結びつきだったのではないかと考えます。

本人の書棚の一角をフロイドの本が占めていますが、フロイドによる「デジャ・ビュ」＝既視感＝。あり得ない世界をあり得ると確信して著者は書き進めたのではないか、と。

著者が『鎌倉夢幻』八章を書き終えたのが、昨年、平成二十八年四月でした。その時のいつにない喜びようと、原稿入力の手伝いをした夫である私への感謝の表情が忘れられません。

しかし、その僅か二か月後に棲む世界を異にするとは思いもしませんでした。

この小説の中に出てくる「ジェニーの肖像」の少女のように忽然と消えてしまいました。あの時の喜びと感謝は、この世界より消えていくことを無意識の裡に予知した結果だったのでしょうか。

この物語を書き始めたのは、原節子さんがお亡くなりになる数年前で、書き終えたのが、原さんの亡くなったほぼ一年後です。

作品の中では、女優の現実の死までは触れておりません。その点から考えると、この小説が果して脱稿しているのかどうか迷いましたが、本人が最後に書いていた物語として、上梓することにいたしました。

著者がこれを構想するに際して、実際に存在した喫茶店「ハリウッド」の店主から多くのヒントや映画の知識を得たと聞いています。

表紙の絵は親友小山悦子氏の画集『涙は魂の出会い』からのもので、杉本はその画集に……魂と魂の出会いを呼び込む画家……と言葉を寄せています。《魂の邂逅》、この本の主題に正に合致すると考え、小山さんの快いご承諾を得て表紙を飾らせて頂きました。

遺稿を出版するにあたっては、冬花社の本多順子氏に多大なお力添えを頂きました。お陰様で一冊にまとめて本人に贈ることができ、心より感謝申し上げます。

また、奇しくも長女磯辺朋子が第二歌集『蜜入り林檎』を出版することになりました。

杉本は生前娘に、時期を逸しないようにと出版を勧めておりましたので、これもいい贈り物になったのではと考えています。

二〇一七年四月

岩澤　博

杉本　晴子（一九三七〜二〇一六年）

上海生まれ。
立教大学卒。
一九八三年「ぐみの木」が神奈川新聞文芸コンクール佳作。
一九八九年「ビスクドール」で女流新人賞受賞。
著書に、『穴』『鎌倉夫人』『幻花』など。
没するまで、長く鎌倉に住む。

鎌倉夢幻

発行日　二〇一七年五月十日
著者　杉本晴子
発行者　本多順子
発行所　株式会社 冬花社
〒二四八-〇〇一三　鎌倉市材木座四-五-六
電話：〇四六七-二三-九九七三
http://www.toukasha.com
印刷・製本　シナノ書籍印刷株式会社

*落丁本、乱丁本はお取り替えいたします。

ISBN978-4-908004-18-6